Editorial: BoD · Books on Demand GmbH,
In de Tarpen 42, 22848 Norderstedt
(Alemania)
Impresión: Libri Plureos GmbH,
Friedensallee 273, 22763 Hamburg
(Alemania)
ISBN: 978-84-1092-027-9

Copyright

Per Eulalia la primera que va llegir
una frase i la va sofrir.

Per a vosaltres ocells, que sense
mamà no ho haguéssiu aconseguit.

Per a Mercedes, la meva mare, per
atorgar el seu únic do a canvi de res,
que va fer el possible perquè el seu
fill volés.

Per a tu papà perquè potser de
manera inconscient em vas ensenyar
tot el que s'espera d'un bon home.

Per a companys i amics que van
suportar idees fins a altes hores de la
matinada.

I per a tots aquells que vau ser ulls
cecs i orelles sordes a les meves
il·lusions...

Sobre l'escriptor:

El meu nom es Isidro Canal Valero, de 40 anys, actualment visc en un petit poble de menys de 10.000hab. Vaig construir la meva vida en torn al que normalment creiem idil·lica, casat, amb dos fills, un treball estable...

Pero als 37 anys, desprès d'uns mesos amb un fort i repentí dolor al angonal, em van diagnosticar, artrosis degenerativa de maluc, el primer cop que em va donar la vida.

Vaig ser esportista d'alt rendiment, tota una vida dedicada a l'esport i de cop, trencada de la nit al dia.

Potser per tossuderia vaig continuar la meva vida, sense donar veu a aquesta malaltia crónica, jo era més valent, feia esport, jugava amb els meus dos fills, en Quim i el Nil de 4 i 2 anys...

Pero una nit, la del 7 de Juliol del 2023, mentre dormia...

Vaig patir una luxació del cap del fémur , i amb aquesta luxació, la meva pelvis es va trencar, l'artrosi ja era desperta.

Desde llavors, metges, metges i més metges.
A l'artrosi se li va afegir una neuropatia perifèrica que em provocaba un dolor indescriptible.
Amb dues intervencions quirúrgiques en 10 mesos, 4 caragols a l'esquena, una prótesi parcial de cadera dreta i encara queden dues cirugies més com a mínim i amb una data de caducitat... 8 anys, que son els que pasaran fins que em tinguin que tornar a intervindre, com una condemna perpètua.
En aquest temps, de forma terapèutica, vaig començar amb unes anotacions per explicar com em sentia i per recordar coses. La medicació basada en Opi no em deixava recordar-ho tot.
Els dies van passar i els somnis cada cop més reals.
Fins que un dia quan em vaig despertar, en el meu bloc d'anotacions hi vaig trobar frases que no recordo haver escrit.
Em vaig trobar amb el meu altre jo i junts vem escriure NINGÚ CAMINARÀ PER TU.
Un en els moments de lucidesa, l'altre de matinada sense que gairebé recordi recordi res.
Aquesta es la meva història i aquesta la història de NINGÚ CAMINARÀ PER TU.

NINGÚ CAMINARÀ PER TU

CAPÍTOL: N
<u>Ningú caminarà per tu</u>

Aquesta història començaria en un moment qualsevol, en un lloc qualsevol. Just aquell precís dia, en aquesta maleïda hora exacta... Els carrers ja no estaven plens de transeünts, el so del motor dels cotxes, no sonaven, la llum dels fanals, conquistaven les voreres i el sol feia estona que ja anava en caiguda lliure, com dormisquejat entre els arbres que apuntaven en l'horitzó.

Passaven uns minuts, tal vegada més, de l'ocàs d'aquella nit del 7 de juliol, quan em disposava a dormir al meu fill gran, el Quim de quatre anys.

Tot semblava transcórrer amb absoluta normalitat, de manera comuna i típica, esgotat per un llarg dia de treball i el meu fill, com sempre, lluitant contra les seves pròpies parpelles, que lluitaven per tancar-se, mentre ell, barallava per mantenir els ulls oberts.

Al cap d'una bona estona i amb la meva paciència sota límits, li va vèncer per fi la son. Havia estat un dia que em va semblar interminable, però el que vindria a continuació, sense saber-ho s'apoderaria de mi, fent-ho encara més llarg.

En l'ocàs d'aquell set de juliol, com el corb d'Allan Poe, un o diversos pensaments, amb el
seu voleteig recurrent i constant, que no cessava en el seu afany de sobrevolar sobre el meu cap, se succeïen diverses reflexions, l'una després de l'altra, voraços nuvolots, semblaven formar-se sobre meu.

Després de tota una vida dedicada a
l'esport, em van diagnosticar artrosi
de maluc, tenia 37 anys.
El meu fill en aquell moment,
dormia com anestesiat per la
foscor, pel so rítmic dels grills, en
un somni profund i plaent.
Mentrestant, a cada minut,
l'insomni s'apoderava més de mi,
m'abraçava, era com una amant
exigent que no em deixava ni un
instant.
Tornava el corb i amb ell, mil
dubtes, mil pensaments.
El present? Fosc.
El futur? Incert.
El passat? Oblidat.
Aquell ocell, color negre atzabeja,
camuflat en la nit, com una
feristela, aguaitant des de la foscor,
semblava repetir una vegada
després d'una altra, amb la seva
veu gutural, no caminaràs, no
caminaràs.
Era fàcil caure en un pensament
així, la meva vida havia canviat per

completament just aquella nit.
Tenia artrosi, ansietat i insomni
aquella matinada. Res del que
tingués definiria qui soc, ni em
frenaria, em faria més fort.
La vida va posar pedres en el camí,
per a no fer-la tan avorrida.
Pensava.
Jo mateix m'intentava convèncer
que així seria sempre, intentava
protegir-me d'una cosa inexistent
en aquell moment, però que
s'acostava lentament, m'estava
endinsant en un camp de batalla
desconegut per a mi i els meus.
Aviat, descobriria que en totes les
guerres, no hi ha guanyadors,
només vençuts i mort.
Sense poder evitar-ho entraria
en un vast món del qual mai havia
sentit parlar, posaria el primer peu
a terra i davant els meus ulls es
revelaria una terra, l'erm sec que hi
ha després de la boirina, un univers
sense límits fosc i ombrívol,
anomenat dolor.

Seria un erm on l'esperança
semblava haver-se perdut entre els
enderrocs d'un món oblidat. Les
criatures que ho habitaven no
serien més que ombres deformades
del que alguna vegada va ser la
meva vida, sembrant dolor en cada
racó després dels seus passos. Es
mourien com a espectres, però els
seus ulls, buits i sense ànima,
m'observarien amb un odi que
estripava l'ànima de qualsevol que
els mirés.
El sol, en lloc de calidesa,
projectava en aquell món una llum
abrasadora que no alleujava, sinó
que carregava l'aire d'ansietat. Era
com si els seus raigs fossin cadenes,
embolicant als viatgers en una
sensació de desemparament, fent-
los sentir cada esquerda de la seva
pròpia vulnerabilitat i en el seu
propi cos.

Quan la nit arribava a aquell lloc
sense coordenades, no portava el

descans. La lluna, gran i pàl·lida, vigilava el paisatge com un ull impassible, infonent bogeria en els qui s'atrevien a mirar-la. La seva llum freda revelaria formes ocultes per a mi, que semblaven més reals que el propi terreny. Era impossible distingir entre el tangible i l'imaginari i aquesta confusió alimentava la paranoia dels pocs que encara gosaven recórrer aquella terra.

Els ressons del vent arrossegaven murmuris, paraules indesxifrables que es colaven en la meva ment, germinant dubtes i pors que creixien com una planta que és millor no tocar. El temps semblava detenir-se, atrapant la meva ànima en uns llimbs on el sofriment era etern i la realitat, una broma cruel. Aviat cauria en aquest món oblidat, en un pou sense fronteres.

CAPÍTOL I
<u>El terra és lava</u>

Amb lentitud van passar les hores.
La nit va cedir lentament davant l'alba, com si l'univers desenrotllés un vel fosc per a revelar el llenç d'un nou dia. La llum artificial que banyava els carrers va començar a esvair-se, una a una, els fanals van anar apagant-se amb un parpelleig final, deixant al món en mans de l'alba. Les estrelles, penjades com a joies nítides en el firmament, es van tornar cada vegada més tímides, perdent-se en la creixent lluminositat. El cel va passar del negre profund al blau fosc, després

a un gris perla que anunciava l'imminent despertar del sol. Els seus primers raigs es lliscaven per l'horitzó, pintant els núvols de tons rosats i taronges mentre estenien la seva càlida influència sobre les teulades, les voreres i els camps adormits.

El silenci nocturn va ser reemplaçat per un murmuri creixent. Les portes s'obrien, deixant sortir a homes i dones amb motxilles i bosses a l'espatlla, amb vestits ben ajustats i uniformes, que caminaven amb pressa cap a les parades d'autobús. Alguns encenien els seus motors i els primers cotxes començaven a omplir els carrers, carregats de treballadors que apuraven els últims minuts abans d'iniciar els seus trajectes, navegant pel trànsit incipient.

Així, el planeta va anar despertant un dia més, iniciat entre llums que s'apagaven, estrelles que es rendien i l'anar i venir d'una humanitat que mai es detenia.

A penes podia recordar cap pensament de la nit anterior o millor dit, de les hores anteriors, les havia vist i saludat amb la mirada, totes i cadascuna d'elles i impassibles mai em van retornar la salutació.

Una amnèsia malaltissa em va prendre i per molt que m'esforcés, alguna cosa o algú, havia reinicialitzat el meu cap.

El sol va sortir de nou, com cada dia, creia que anava a ser un despertar més com els de sempre. Tot semblava indicar, que el fet de sorgir d'un nou matí, no portaria res nou respecte a l'anterior, excepte el somni, fill de l'insomni que vaig patir aquella matinada. Les rutines del dia a dia, de tants uns com d'altres, l'olor de cafè, despertar als meus fills, vestir-los, alguna galeta de xocolata per a esmorzar i les presses de sempre. Però la nit amb la seva fosca i llarga

urpa, em va obsequiar amb una
cosa no desitjada.

En algun moment d'aquella
travessia nocturna, mentre dormia
profundament, el meu cos, sempre
en moviment encara que estigués
en repòs, va fer l'inesperat.
Potser vaig girar amb una mica més
de força o vaig adoptar una postura
peculiar sense adonar-me.
Va ser llavors quan alguna cosa a va
succeir, el cap del fèmur, aquesta
peça clau que encaixa perfectament
en la cavitat de la pelvis, es va
lliscar fora del seu lloc.
Aquest desplaçament va sotmetre a
la meva articulació a una pressió
per a la que no va ser dissenyada.
L'os va cedir i encara que en aquell
moment no vaig sentir res,
possiblement em va acompanyar
una incapacitat que no va ser
immediata, el veritable abast del
succeït seria evident més tard.

Aquell instant va marcar l'inici d'un
procés complicat, un que
involucraria no sols el dolor físic,
sinó també un sobre esforç mental
per a afrontar la recuperació. Què
va passar després?
Que sense saber-ho, la nit em va
regalar una poderosa fissura en el
meu maluc esquerre, de gairebé
quatre centímetres, de la qual ni
tan sols me'n vaig adonar quan
estava en la meva letargia "after
meridian".
De sobte, en posar el peu esquerre
sobre el terra, un sonor cruixit, que
semblava més aviat el sanglot
avergonyit de l'últim soldat en peus,
va sonar eixordador, sec i arenós al
mateix temps.
El terra es va convertir en lava,
un dolor indescriptible, una coïssor
que recorria ràpidament centímetre
a centímetre cada tram de la meva
pell, com si fos l'últim, des dels dits
del peu, fins al meu abdomen va
sorgir del no res i amb ganes de

quedar-se.

Namasté, fill de puta, l'artrosi es va despertar de la seva llarga letargia, atropellant sense miraments la meva vida i el meu estat de salut. Un estat que fins a aquest precís instant vaig creure indestructible, tota la meva vida vaig tenir una espècie de síndrome d'Hèrcules. En aquest precís instant, aquell ésser que solia reconèixer enfront del mirall, es va esfumar, aquell ja no era jo, va ser com si totes les partícules del meu cos s'haguessin destruït a la velocitat de la llum, convertint-me en una massa de carn impossible de reconèixer, una suor gelada, recorria el meu front a causa de l'esforç d'aquell primer pas, una mescla de sal i aigua, emmetzinada, que es combinava amb l'ardor al meu cap i el fred del meu enfront al mateix temps, va arribar la febre.

Aquell primer pas va ser com travessar el maleït Rubicó, el sòl

cremava, es desfeien els meus peus,
mentre el meu maluc semblava
atrapat i ofegat fortament per
filferro i cristalls trencats que em
foradaven i tallaven cèl·lula a
cèl·lula.
Una guerra freda però ardent, que
just començava i en la qual de
moment va tenir, poca sang i massa
misèria.
Vaig mirar al meu voltant, estava al
costat del llit, però el dolor, les
llàgrimes i la penombra no em
permetien buscar un salvador,
estava sol en aquella habitació,
acompanyat de l'horrible silenci que
ningú vol sentir mai.
Els meus fills dormien i no
mereixien veure'm així, no
mereixien despertar-se així, aquell
ja no era el seu pare ni el seu heroi,
no podia aparèixer enfront d'ells
com un ésser vençut en aquella
batalla que just acabava de
començar i que el seu primer minut
ja va ser demolidor.

El meu cos s'agitava, el meu cor
s'accelerava, tot anava malament,
mai en la meva vida havia cridat
tant, fent tan poc soroll, un so mut
que no sortia de la meva boca seca,
ni dels meus llavis esquerdats, però
que al meu cap, sonava eixordador.
Un so estrident, metàl·lic, oxidat i
sord al mateix temps, un silenci
absurd i avergonyit que es va
apoderar de mi i que no em deixava
pensar amb claredat, només havia
fet un pas i viscut un minut
d'aquella guerra, però el sòl
cremava, cremava agressivament i
desfeia la carn dels meus peus.
No hi havia res d'heroic en aquella
gesta, només mort i desolació, en
aquell vast erm.
Una guerra bruta i visceral, un
camp de batalla amb olor
d'entranyes, però sense una sola
gota de sang, de moment.
Un pas, en el sòl que ningú vol
trepitjar.
Només havia fet un pas, però el

terra... es va convertir en ardent
lava.
Cada pas que intentava donar, era
un acte inútil no aconseguia
moure'm, només cremar-me en el
lloc, sense poder fer res.

CAPÍTOL II
<u>Vermell carmesí</u>

Aquell va ser un gran pas per a l'home, però invisible per a la resta de la humanitat. Mai m'havia sentit tan sol, tan mut, fins i tot amb la meva casa plena d'éssers vius.

El sofriment que estava suportant en aquell moment, no sortiria en cap canal de televisió, diari o ràdio, era una odissea com la d'Ulisses, amb la diferència que la meva, mai seria recordada, o tal vegada sí, amb la teva ajuda el meu benvolgut lector.

Com si es tractés d'un senyal diví, interpretada per un soldat grec.

Una intensa llum ataronjada, va
començar a tenyir l'habitació,
conquistant-la, fent-la seva i
il·luminant el buit més absolut.
Els primers raigs del sol, aquell
senyal emès pel poderós déu
Apol·lo, imparables, es colaven pels
orificis de la persiana.
Era com un far en alta mar, que has
d'utilitzar de guia per a evitar xocar
contra terra.
Vaig prendre aquest senyal, emesa
pel nostre astre rei com el que era,
un senyal que m'obligava a seguir
endavant, a ser valent i fer el que
en aquest precís instant, més temor
em provocava, però havia arribat el
moment de fer un segon pas, el sol
m'ho ordenava, la vida m'ho exigia.
Ho vaig donar, amb temor i deixant
a l'atzar el que seguiria a
continuació en aquella maleïda
habitació.
El maluc no va suportar i a causa
d'aquesta falla mecànica vaig caure
a terra, va aparèixer el sabor de

l'òxid, el sofriment va ser tan ferri
que els meus ullals van penetrar
sense cap dificultat sobre la carn
dels meus llavis, fent-los sagnar, de
forma exacerbada. La meva boca
pàl·lida i assedegada per la
primerenca hora, pel dolor, pel
fragor de la batalla, es va tacar de
sang, es va tenyir d'un intens color
vermell carmesí.
Ara sí que tot era un camp de
batalla real, en un instant tots els
ingredients es van barrejar i al
dolor se li va unir la sang i amb ella,
el gust del terra.
Em vaig precipitar contra les
rajoles de l'habitació, sobre mi
mateix, amb un maluc incapaç de
sostenir el meu pes, ni el propi de la
gravetat, el meu cos va colpejar
contra el terra amb una fúria
desmesurada i injusta.
Precisament aquesta fúria, aquest
cop, aquestes mil pedres, que
semblaven caure, al mateix temps,
sobre el ciment cremant, aquest

filferro asfixiant i trencant cada tros
de pelvis, aquests mil trossos de
cristall trencat i brut tallant
netament cada centímetre del meu
maluc, esquarterant, tros a tros,
van fer que del més profund de les
meves entranyes, sonés amb ressò
una potent un senyal d'auxili.
El silenci del matí es va veure
interromput per un crit que va
semblar parar el temps, congelar el
clima, fins i tot estant en ple estiu.
Aquest crit indomable, fred i sec va
posar en alerta a la meva esposa,
Maria, fent un incís, el seu nom
s'escrivia sense titlla,
ja que així la van batejar i la van
inscriure en el Registre Civil.
Així doncs, Maria " sense titlla " va
aparèixer veloç a l'habitació en la
qual jeia el meu cos esquerdat.
Estupefacta, no va poder gestar cap
paraula, tampoc podia ajudar-me
massa, només es va trobar amb un
cos trencat, en un sòl massa àrid.
Ulisses havia desembarcat a Ítaca,

però res hi havia de gloriós en aquesta travessia de dos passos, plena de penúria i indigència.

Un desolador viatge, els protagonistes del qual van ser molt distints dels que solem imaginar, aquí i ara res de tropes, armes, navilis i grandesa.

Aquest trajecte que va acabar de la pitjor de les formes, gairebé sense vida, amb les vestidures gastades pel fragor de la batalla.

Un sol minut va bastar per a ser incapaç d'omplir-ho amb seixanta segons d'incansable lluita. Una agonia desmesurada i totalment imparcial, que només va necessitar poc menys de tres segons per a vèncer al seu oponent.

El meu viatge va acabar en al terra d'un carreró estret, entre el llit i la paret, fosc, envoltat de sang, òxid, aire metal·litzat, picor en els ulls, ofegat en les meves pròpies llàgrimes.

No hi havia grandesa en aquell

viatge que vaig acabar, suplicant i
sobre mi mateix, en aquell
improvisat camp de batalla, on els
primers raigs de sol d'aquell maleït
matí, van travessar els forats de la
persiana, projectant centellejos
vermellosos preocupantment
misteriosos. Uns feixos de llum que
semblaven surar en l'aire,
il·luminant partícules de pols que
ballaven en silenci sobre el meu
cos.

Els meus fills continuaven dormint, mentre la meva dona escoltava els ploriquejos d'un soldat ferit i abandonat en plena missió, d'aquestes en les quals no hi ha medalles, condecoracions ni banderes.

El destí de la meva comesa no era desembarcar de manera heroica en cap platja sota el foc de morter, ni lluitar en un coliseu romà per la glòria, només havia d'arribar al cotxe, aquest bot salvavides, que em portaria a buscar assistència mèdica i a la fi, a la salvació.

Cada pas cap a la porta es va

convertir en un infern, un Hades
desolador, de dolor, de llàgrimes, de
sang ja resseca.
Un dolor àcid i punxant semblava
recórrer cada vena del meu cos. Les
artèries al màxim de la seva
capacitat, intentaven albergar la
sang d'un cor accelerat, que
bombava cada vegada més fort i
cada vegada més fatigat.
Els batecs eren com a bombes
caient, colpejant les meves
costelles, notava que la pell ballava
sobre elles, unes costelles que
continuaven intentant per tots els
mitjans, contenir el seu nucli
sanguini dins del meu pit.
Podia sentir en la llengua, el gust
de les entranyes. Les meves
pròpies, intentant per tots els
mitjans, sortir d'entre les meves
dents, vaig tapar com vaig poder la
boca amb la mà per a mantenir-les
dins de mi, mentre m'acostava a la
porta de sortida, arrossegant-me
cap al meu cotxe, cap al meu bot

salvavides.
Vaig obrir la porta i el poderós sol em va enlluernar per uns instants mentrestant, amb l'altra mà, intentava subjectar-me a la paret, barana o, a qualsevol objecte mitjanament estable que fos capaç d'evitar una nova caiguda a l'infern. Uns quinze metres que semblaven quilomètrics, em separaven del meu vehicle.
Haig de reconèixer que aquest va ser el meu primer acte de valentia. Hauria d'haver trucat a una ambulància, però ja era massa tard, no anava a tirar per la borda tot el treball fet fins a aquest moment.
El meu cos barallava, jo barallava i el meu cervell va començar a concebre beta endorfines per a intentar lluitar de tu a tu contra el dolor. Però era un lluita que sabia que no guanyaria, una missió d'anada, però no de tornada, el sofriment té sempre més i millor munició, més efectius i el pitjor, no

té cap compassió, li és igual morir si pot matar, per plaer, per satisfacció...; dona el mateix.
Vaig arribar al cotxe arrossegant els peus, cada pas, una batalla perduda contra el dolor que em travessava com una daga. El maluc, fràgil i trencat per l'artrosi, cedia sota el pes del meu cos, traint-me amb cada moviment. Una suor freda recorria el meu front, barrejant-se amb les llàgrimes que queien sense control, en silenci, com a testimonis de la meva rendició. El dolor era insuportable, però continuava avançant com podia. Aferrant-me a la porta del cotxe com si fos la meva única salvació. Cada pas em va costar més que l'anterior, com si el maluc, covard i derrotat, es negués a continuar lluitant, esgotat pel patiment.
En seure en el seient del conductor, àcid una altra vegada, corroint-me de nou.
No entenia com un acte tan senzill

com el d'asseure's, davant del volant, pogués fer que em sentís com si mil rates em roseguessin l'os d'una ferida oberta i que no volguessin cessar en la seva activitat, nodrir-se de la meva sanguinolenta carn.

Vaig arrencar el motor del meu cotxe, vaig realitzar tot el recorregut entre primera i segona marxa.

Cada trepitjada al pedal de l'embragatge era com fregar-se contra brasa ardent, cada trepitjada del pedal era com si m'hagués convertit en una enclusa i un ferrer desmesuradament excitat em colpegés una vegada i una altra.

Aquest cabró volia modelar-me amb el seu martell d'artesà, aprofitant-se de mi i del meu maluc fos i rosegat a centenars de graus.

Passats uns incomptables minuts d'un martellejar constant i dolor insofrible vaig arribar a urgències.

No recordo com vaig aconseguir

arribar, aparcar, ni dirigir-me a la
porta, sense que la meva ànima
m'abandonés, dona el mateix.
Vaig aconseguir la meva segona
condecoració, una d'aquestes
medalles que els teus éssers
estimats mai veuran, però que
intentaré recordar per sempre.

_ Si hòsties! Vaig arribar a
l'hospital.

Vaig pensar amb dolorosa alegria.
Una vegada posada la polsera del
"tot inclòs" amb el meu historial
clínic imprès en ella, sabia que no
tindria límit de calmants, drogues
terapèutiques, ni agulles… salivava
del plaer, no soc cap drogoaddicte i
mai he pres drogues,
però l'anhelava, el necessitava,
volia que arribés el moment en el
qual m'injectessin en la pell alguna
cosa per a donar-me un viatge
qualsevol que alleugés el dolor,
desitjava més que res en el món,

una bona xutada que fos realment
inhibidora.
Vaig arribar amb febre, molta febre
i em van obsequiar amb
un Paracetamol de benvinguda.
Tant el professional de salut com jo,
sabíem que no faria cap efecte, que
seria com intentar frenar un tren
bala amb un mur de paper d'alumini
i que després d'ell, estigués de
genolls sobre la via per la qual
circulava aquell tren i que no
pensés frenar el pas.
Assegut, de qualsevol forma que em
semblés més o menys compatible
amb la vida, en una "cadira llitera"
d'aquestes que posen en els
passadissos d'urgències avui dia,
esperava ansiós a que arribés algú,
amb la meva dosi, el meu gènere,
portava trenta minuts amb un
puto Paracetamol que no va servir
de res.

De sobte vaig escoltar...

_Buongiorno! Va dir una infermera.

No recordo el seu nom, només que estava de pràctiques i que era de Bèrgam.
Sí que recordo que tenia a la seva parella Luca, que va venir a viure amb ella i que estaven estirant els estalvis acumulats a Itàlia, per a poder venir a acabar les pràctiques i buscar ocupació prop de Barcelona. Algo que era realment una odissea.
Una fotuda estudiant d'intercanvi, que semblava saber més aviat poc del que feia, va procedir a posar-me una via.
Els nervis i el dolor em van fer pensar així i em penedeixo, tots hem passat per processos similars als d'aquesta estudiant i tots hem fallat per a poder aprendre.
Com a bona aprenenta, va clavar l'esmolada agulla en una de les meves venes i com bona aprenenta, va clavar la via sense tancar la

vàlvula, que administra la tan anhelada droga.

Un doll de sang fosca i oxidada, va tenyir tot aquell lloc, això s'havia convertit en una maleïda pel·lícula de terror, mentre "Bèrgam", nom amb la qual batejaria a la infermera, intentava controlar una situació que va aparèixer de forma improvisada i a la qual no estava acostumada, una situació en la qual et pots trobar de sobte i que s'hauria de contemplar en els estudis.

La sang és relliscosa i Bèrgam ho va descobrir aquell dia, amb els seus peus sobre l'espès líquid, va patinar i de genolls al terra, tacada pel plasma insaciable que sortia per la via, intentava sobreposar-se i aixecar-se, ho sento per ella, però aquesta violació sanguinolenta i violenta, em va omplir d'una venjança plaent, que va fer que m'oblidés del dolor, encara que no més d'un instant.

Ja recomposta i banyada en el meu
fluid, es va acomodar els cabells,
em va mirar als ulls i després
d'haver compartit aquest instant,
aquest acte gairebé sexual, Bèrgam
va marxar sense més, sense
disculpa, era com si la meva pell
s'hi hagués transmutat en la de Jack
l'Esbudellador i ella fugís de mi, en
una mescla de por i vergonya, no
sense abans injectar-me la fórmula
perfecta.
Una mescla química d'opiacis i
antiinflamatoris.
Ella i jo vem acabar al mateix temps
i després d'aquell aquelarre
d'obscenitat, va marxar sense dir
paraula ni creuar mirada, em va
abandonar després d'aquesta
intensa relació.
Mai vaig tornar a veure a Bèrgam.
Després d'una bona estona, quan va
venir la traumatòloga d'urgències,
per a valorar-me, veure els resultats
de la radiografia que em van fer i

després de preguntar-li que m'havia passat, ella em va explicar:
_Una fractura de pelvis degut a una luxació del cap del fèmur pot passar en qualsevol moment
encara que no hi hagi un cop o caiguda, fins i tot en situacions sense impacte extern..
Per exemple, mentre dormies, podries haver-te girat en un angle extrem o haver col·locat la cama en una posició desfavorable i si ja existia algun factor predisposant, com una feblesa òssia (per osteoporosi, traumatismes previs o alguna malaltia articular com es el teu cas), aquest moviment podia haver causat que el cap del fèmur es desplacés del seu lloc en la cavitat.
El resultat es una luxació sobtada que, en exercir una força anormal sobre els ossos pelvians, t'ha provocat una fractura parcial. Per això tens aquest dolor i gairebé no pots moure't també pot haver

afectat vasos sanguinis o nervis pròxims. Però ja farem més proves. Em va donar unes receptes i el paper de l'alta, el meu seguiment a partir de llavors, ho faria la meva doctora de capçalera.

CAPÍTOL IV
Truc o tracte

El trajecte de tornada va ser un esborrall, un buit en la meva ment. No recordo haver posat les mans en el volant, ni sentir el tacte del seient sota el meu cos. Només el brunzit del motor de fons, monòton i distant, com si pertanyés a un altre món. Els carrers passaven al meu al voltant, però no els veia, estava embolicat en una boira espessa de pensaments dispersos. El paisatge s'esvaïa en fragments, entretallat, mentre les llums parpellejaven sense sentit. Sense saber com, em vaig trobar devant de casa, amb les claus encara en el contacte, però sense memòria del camí recorregut, com si el cotxe hagués estat guiat per una força aliena, mentre jo romania absent, atrapat en uns llimbs amnèsics.

Vaig obrir la porta del cotxe amb moviments maldestres, gairebé automàtics, com si el meu cos operés per instint i la meva ment continués atrapada en una boira densa. Els passos cap a casa eren lents i vacil·lants, cadascun més pesat que l'anterior. El món al meu al voltant semblava distant, borrós, com si no fos real. Vaig travessar el llindar de la porta sense recordar haver-ho fet, les meves mans fregant les parets per a guiar-me, a la recerca d'una cosa sòlida que em sostingués. Finalment, vaig arribar a la meva habitació, em vaig deixar caure sobre el llit, el matalàs prenent-me amb una abraçada silenciosa. El meu cos es va enfonsar en els llençols, incapaç de moure's més, com si per fi hagués trobat el refugi que tant buscava. Em vaig quedar allà, sense pensaments clars, només el pes aclaparador de la fatiga i el dolor apagat en el fons, rendit a la foscor i em vaig adormir.

El primer que recordo quan vaig obrir els ulls, va ser el color blanc del sostre de l'habitació de matrimoni on jeia.

Un profund blanc que semblava no tenir fi. Mai m'havia posat a pensar-ho abans, però em recordava a l'espai, però amb colors invertits, un cosmos totalment blanc i infinit. Suposo que el màgic beuratge que em van injectar a l'hospital, va fer l'efecte esperat. Encara que hagués preferit no tornar a casa acompanyat d'un viatge tan amnèsic, perillosa companyia quan un va al volant.

Només el meu braç, amb la pell enfosquida per la sang sota la dermis i la ferida produïda per la

via que em van inserir, em van
retornar el gust del record de la
meva curta però intensa relació
amb Bèrgam.
De sobte va arribar Maria, la meva
dona. Bé la meva promesa, anàvem
a casar-nos al desembre d'aquest
mateix any. Però després de molts
anys junts i dos fills perfectes
encara que molt entremaliats, per a
mi ja era la meva dona, la meva
companya, la meva esposa.
Em vaig fixar i a la seva mà
esquerra, sostenia una bossa de
paper, de la farmàcia local del petit
poble en el que vivim.
La meva mirada es va convertir en
la dels meus fills el matí de Nadal,
amb aquestes ganes incontrolables
d'obrir els regals i descobrir el seu
interior.
Per cert, aquell dia després de tot
l'ocorregut, van anar a passar el dia
a casa dels seus avis.
Quim, el gran, i el Nil vivien aliens a
la meva violenta lluita i així havia

de continuar sent, almenys de
moment, eren massa petits per a
entendre per què el seu ja, inútil
pare, era incapaç de sostenir-los en
braços imaginant ser avions de
paper, com ho va fer fins feia poc,
aquest sentiment, una pena que
semblava inundar-lo tot, era pitjor i
més destructiva que qualsevol
dolor.
Els trobava molt a faltar, però
també enyorava una bona xutada
que intentés pal·liar, en part, aquell
dolor incomprensible i immerescut,
necessitava algun estupefaent
farmacològic que tornés a
convertir-me en aquell ésser que
solia ser.
Volia drogues i en volia ja, no era
addicció, realment les necessitava.
Suposo que, sentir un dolor perpetu
i horrible i que gràcies a unes
certes substàncies, s'esvaís, crea
una certa dependència.
Així doncs, com si es tractés d'un
nen, rebuscant en la seva bossa de

caramels aconseguits per
Halloween, vaig furgar desesperat a
la recerca del meu premi, de la
meva llaminadura repleta de
química i plaer.

_ TRUC o TRACTE!!! Em repetia a
mi mateix.

Volia el premi gros i el volia ja.
La Maria va entendre la meva
necessitat i em va deixar tot sol,
amb la meva bosseta de paper,
estava apunt de començar la meva
merescuda festa.
De la meva màgica bossa de
caramels vaig treure, tres caixes,
uns antiinflamatoris dels quals no
recordo el seu nom i que no em
feien especial il·lusió i per fi una
mica de diversió, les dues últimes
caixes contenien el dolç que volen
tots els nens la nit del trenta-u
d'octubre, opiacis i pegats de
fentanil.
Se'm van obrir els ulls de bat a bat,

ja tenia les meves llaminadures, el
meu bitllet d'entrada al màgic i
brillant món de "Wonderland".
Ja tenia les eines que marcaven el
camí i els recursos necessaris per a
barallar com un home, contra el
meu sistema nerviós central.
Va ser la primera vegada que vaig
somriure, va ser la primera vegada
que vaig mirar als ulls de la meva
benvolguda artrosi i embogit per
l'eufòria, pel dolor sofert les hores
anteriors, pensant que aviat els
donaria caça, de manera veloç em
vaig subministrar les medicines.
Tenia un mono insaciable,
tenia mono de trobar-me millor i
que aquell infern fos menys ardent i
més amable.
Però vaig subestimar aviat, el poder
destructiu de la meva artrosi i el
ràpid que poden arribar a ser les
drogues.
Passats uns instants i amb les
pupil·les ja dilatades per la mescla
de fentanil i opi que recorria les

meves venes i que podia sentir-les
dins, una sensació de valentia, va
recórrer la meva esquena, vaig
intentar aixecar-me.
Dins del meu cap vaig albirar i vaig
imaginar que seria un acte heroic i
èpic, anava a emular al mateix
president Roosvelt, o això creia,
m'anava a alçar i diria allò de...

No digueu que no es pot fer. Res és
impossible.

Però quan estava començant
a tocar el cim, de clavar la bandera
i alçar-me sobre aquella èpica
muntanya, impracticable de metre
vuitanta, de per fi, poder posar-me
en peus. Vaig sentir com alguna
cosa em va empènyer contra el llit,
va ser com caure d'un precipici,
sense cordes o sortints als que
agafa-me, vaig passar de
ser Roosvelt a emular a la pobre
Judy Garland sent abusada pels
viciosos nans del mag de Oz, tirada

i indefensa en aquell llit.
Em vaig convertir en la dolça i
indefensa Dorothy Gale forçada
entre bastidors, sofrint les
escomeses dels "Munchkins",
mentre l'home de llauna
interpretava un "voyeaur",
grapejant-se.
Quan intentava escapolir-me d'allò,
alguna cosa em va empènyer de
nou, caient sobre el mateix llit i que
no em deixava moure, ni aixecar-
me, fins al maleït lleó del món
de Oz, que ja no tenia res de
covard, també es va animar a
participar de la meva innocent
dolçor.
Aquella drecera de fanfarrons,
putes i tafurs va infestar la meva
habitació.
Era una festa, però no com la vaig
imaginar ni com volia que fos, jo era
el plat fort de la vetllada, no hi
havia treva ni tracte, només els
trucs d'aquells maleïts truans.

Em vaig convertir en una nina de
drap, incapaç de posar-se en peus.

CAPÍTOL V
EnolaGay

Vaig despertar al cap d'uns instants o això creia... el rellotge que tenia a l'habitació, imparablement i totalment apàtic al succeït, em mostrava com un cop de puny en la cara, que havien passat hores des de l'insaciable festí del qual vaig gaudir i es van homenatjar, els personatges del Mag de Oz.

Creia recordar, que entre les meves cames van passar els uns després dels altres i que després de la seva festa van intentar ofegar-me contra el coixí.

Per a mi, tot va ser molt clar,

producte de la meva imaginació,
envaïda per psicotròpics amb
recepta, o potser no, potser eren
allà amb mi, crec que m'estava
tornant boig.
Allà hi era, tombat entre llençols,
amb el blanc infinit que adornaven
totes les parets de l'habitació.
Només l'agradable llum
ataronjada del vesprejar, l'aroma a
espígol que entrava per la finestra
que mentalment era guaridor i el
rellotge, m'ajudaven a entendre en
quin moment del dia estava i
m'ajudaven a oblidar l'ocorregut.
Al cap d'una bona estona, de sobte i
sense previ avís, el gust del suro
sec es, va apoderar de tot el meu
coll. Per primera vegada en vint-i-
quatre hores tenia set i això era
dolent.
La distància que em separava de la
font d'aigua més pròxima, era
gairebé insalvable,

"alea iacta est".

M'anava a embarcar en un viatge
traïdorenc a la recerca d'aigua.
La vida semblava massa dura per a
tan petit mamífer, no era una
enorme distància, però aquests vuit
metres d'esquerdes al terra, que em
separaven de la cuina, em
semblaven exacerbats.
Em vaig reincorporar en el llit amb
extremada precaució, vaig girar,
vaig recolzar un peu i després
l'altre sobre el terra. Amb ajuda
d'un bastó blau que es va convertir
en el meu binomi des d'aquell dia i
que mai vaig saber com va arribar
allà, vaig poder aixecar-me.
Metre a metre, pas a pas, vuit
d'anada i vuit passos de tornada en
total, havia almenys d'intentar-ho,
la set era tan acusada que valia la
pena jugar-se la vida per unes gotes
d'aigua per a empassar.
Cada pas era tempestuós, caragols
clavant-se en els meus ossos,
perforar, perforar i perforar en vida,

sense anestèsia, tot aquest
sofriment era necessari.
A mig camí, em vaig detenir un
moment, buscant suport amb una
mà tremolosa a la paret, tractant
d'estabilitzar-me, mentre el dolor
cremava cada fibra del meu cos.
Els meus passos lents i arrossegats,
ressonaven en una casa massa
silenciosa. Cada metre una victòria.
Però a la fi, vaig arribar a la cuina,
l'aixeta semblava llunyana, però ho
vaig aconseguir, amb les mans,
aferrant-me a la placa de cocció
com a última font de suport. En
obrir l'aixeta, el so de l'aigua fluint
de manera corrent i fresca va ser un
alleujament temporal, però incapaç
de lluitar contra el dolor.
Era increïble que un acte tan senzill
per a mi, fos una victòria.
Sentia que havia trobat una brillant
font enmig del buit i ardent desert.
Un maleït oasi enmig de casa.
Aquell trajecte em va fer
recapacitar en els viatges que han

de fer, a la recerca d'aigua, les dones d'algunes tribus de Guinea Bissau. Que valentes.

Vaig fer uns bons i merescuts glops abans de recórrer el camí de tornada a casa, el retorn al meu llit. Només allà em sentia mitjanament bé, encara que acompanyat d'un dolor que em turmentava, enganxosa i desagradable companyia.

En aquesta vida a l'única cosa que cal tenir por, és a la mateixa por, i l'única cosa que em donava pànic era el mateix dolor, aquest que sentia de manera constant, estava fart de viure en aquest hàbitat i de ser incapaç de sortir d'ell, com atrapat en una espessa jungla on el perill aguaita en cada racó.

Però fins i tot en terra seca, en una jungla com aquella, on sembla que no pot ni ha de passar res pitjor, succeeixen els desastres.

Una vegada vaig arribar al meu destí, vaig acomodar el bastó a la

paret i com vaig poder em vaig tirar
sobre el llit, amb la boca i la gola
satisfeta.
De sobte una ràpida espiral de
dolor sec intens i buit, es va
instal·lar en el meu malparat maluc.
El 6 d'agost de 1945, durant els
últims compassos de la Segona
Guerra Mundial, l'Enola Gay es va
convertir en el primer avió a llançar
una bomba atòmica, la Little Boy,
que va caure sobre la ciutat
japonesa d'Hiroshima i la va arrasar
gairebé per
complet, deixant enrrera, prop de
setanta mil cadàvers i desenes de
milers més a conseqüència de la
radiació.
El meu maluc es va convertir en
aquesta ciutat nipona.
Sense previ avís, de manera
covarda i per l'esquena, una coïssor,
un dolor indescriptible va començar
a sorgir gairebé del no res, amb
traïdoria i extremada covardia.
Ofegat en el meu propi oxigen,

intentava donar glopades d'aire
però sense poder oxigenar els meus
pulmons. El dolor era tan punxant
que m'ofegava encara ple d'aire
fresc.
Era com estar sota l'aigua, però en
terra ferma.
Com vaig poder, vaig dirigir la
mirada de nou al meu maluc i la
seva deformada anatomia, la mirava
atònit, amb el pànic apoderat dels
meus ulls, vivint la situació que
ningú espera viure mai.
Aquest "B-29 Superfortress" de
1945 s'havia estavellat sobre el meu
costat esquerre carregat per
complet amb el seu verí radioactiu a
bord.
No volia ni mirar, no m'atrevia
gairebé ni a mirar, no podia omplir
els meus pulmons d'aire.
Era una sensació horrible, com si
m'hagués trobat un arbre ennegrit
per algun foc antic que hagués
quedat del color del carbó i que
d'ell, pengés un cos, un penjat. Jo...

En aquell instant no volia morir,
però tampoc anhelava viure.
Una mescla de sentiments
enfrontats i que em feien recordar,
la meva insaciable necessitat de
sentir els efectes dels estupefaents.
Un altra vegada.
Dolços malsons, horrible lucidesa.

CAPÍTOL VI
Cavalls a vapor

Vaig aguantar la respiració per a poder retorçar-me i poder descobrir de forma més conscient, la deformitat que havia adquirit en el meu maluc.

La seva forma, em recordava a la del reactor número quatre de Txernòbil la nit del 26 d'abril de 1986, a punt de fusionar-se el seu nucli, apunt d'esclatar, en aquell racó d'Ucraïna.

Tot apuntava a que era hora d'embarcar-se en un nou viatge psicòtic.

Tot apuntava a que tenia que obrir el calaix de les delícies, una altra

vegada i rebuscar, només amb ajuda
del tacte, els opioides i el fentanil.
Cada segon que passava era una
mort horrible i dolorosa,
necessitava de buscar-los i tenia
que trobar-los ràpid.
Només amb l'ajuda de les meves
mans, ja que moure un sol
centímetre del meu tren inferior,
malparat sobre el llit, es convertiria
en quilòmetres de sofriment en un
desert ardent i sense provisions.
A la fi i sense dubtar-ho, quan les
vaig tocar, vaig agafar les dues
caixes de les meves delicioses i
necessàries drogues.
El meu front ja s'humitejava gota a
gota d'una suor freda, causat per
l'addicció o la febre... donava el
mateix.
Així doncs, vaig empassar l'opi, vaig
enganxar el dolç fentanil sobre la
meva relliscosa pell.
Aviat i de nou, pupil·les dilatades.
Les drogues, com a cavalls a vapor,
ja navegaven per les venes, solcant

a tota vela fent us de la sang com si
es tractés d'una mar.
Sentia que el meu cos onejava sobre
les ones.
Unes ones que morien en una
badia, però que en comptes de
portar-me a la riba d'una
paradisíaca platja, m'arrossegaven
amb el seu corrent cap a un profund
i immens oceà blau fosc, molt fosc.

BON VENT I BONA MAR!!!

El meu llit convertit en barca, em va
portar cap al que semblava el
centre d'un oceà, una espècie de
punt Nemo, sense terra a la vista.
De sobte i al cap d'uns instants
d'haver salpat, les ones eren cada
vegada més fortes i altes.
Només acompanyat per un llum
d'oli que ballava a so d'aquell
onatge,
com podia i amb la meva gorra de
capità, navegava sobre aquella mar.
L'aigua salada d'aquell oceà cada

vegada colpejava més fort el casc
de la meva petita embarcació, havia
de resistir agafat amb força al meu
timó per a no caure per la borda.

Ona per l'amura de babord!!!

Aquest gran onatge m'anunciava
que havia arribat la tempesta.
Les gotes van començar a succeir,
els llampecs il·luminaven per
dècimes de segon aquella solitària
mar i seguit a aquella fugaç llum, el
so del tro.
Mai els havia sentit de forma tan
clara, mai els havia escoltat des de
tant a prop.
Milions de gotes queien, l'una
després de l'altra, inundant-ho tot,
deixant-me xop i sense la
companyia de la llum del fanalet
d'oli, assassinat per la pluja,
mentre i com podia, intentava
defensar-me d'aquella interminable
tempesta amb l'ajuda del meu petit
timó.

De sobte l'aigua que hi havia al
voltant i sota la meva embarcació
va començar a bombollejar i
després d'aquesta efervescència va
aparèixer una balena, era enorme,
no semblava tenir menys de quinze
metres, per un moment vaig pensar
que venia a riure's de mi, a fer més
complicat aquest trajecte oceànic, a
ser única espectadora de la meva
defunció.
Però l'Oiken, nom amb la que vaig
sobrenomenar-la, em va semblar
estranyament amigable. Semblava
lluitar solcant al costat de la meva
nau, combatent contra la mala mar i
aquesta agressiva tempesta.
Havia d'aprofitar-me d'aquella
improvisada companyia, almenys ja
no estava sol en aquell immens buit
oceànic.
Lluitàvem espatlla amb espatlla,
enfrontant-nos a la fúria deslligada
de la mar, ensordits pel rugit de les
ones, que semblaven voler
arrossegar-nos a l'abisme. La

balena Oiken, s'assemblava a mi, en
el sentit de barallar contra la mar,
la tempesta era tan poderosa,
l'onatge tan destructiu que no
semblava l'hàbitat natural per a una
balena com aquella i evidentment,
tampoc el meu.
Els nostres cossos es tibaven amb
cada embat, músculs cremant per
mantenir l'equilibri enmig del caos.
Vaig dirigir la mirada a l'Oiken, amb
la seva postura ferma, la seva forma
de nedar i la seva mirada
concentrada, em donava forces per
a seguir. Podia sentir la lluita, el seu
cos i el meu, resistint cada cop de
marea, retrocedir no era una opció i
tots dos ho sabíem.
L'aigua ens tirava, ens empenyia
una vegada i una altra, amb una
ràbia desmesurada, una lluita
titànica contra corrent, ens movíem
com un només ésser, sincronitzats
per la necessitat de sobreviure,
lluitant per una natura que no volia
cedir.

El meu improvisat amic i
jo solcàvem sobre l'aigua salina
durant molta estona, no era
conscient de quant, però les gotes,
la lluita contra l'onatge i els trons
em van semblar un rellotge
detingut en el temps, cada tro
precedit pel llamp segon rere
segon, gota a gota.
Lluitem contra vent i marea, esculls
que destrossaven el casc de
l'embarcació i la benvolguda pell de
l'Oiken.
De tant en tant expulsava aire i
gotes pel seu espiracle, com per a
intentar retornar al cel, gotes que
queien des d'espessos núvols sense
cap resistència i així compensar
aquell clima tan salvatge.
Naveguem junts durant llarga
estona, perseguint un horitzó que
semblava no acostar-se, cada
vegada més lluny d'ell, cada
vegada, més impossible, era com si
ens allunyéssim cada vegada que
ens acostàvem, com un bucle

absurd i sense sentit, fins que de
sobte:
La meva estimada i inseparable
balena, es va quedar quieta un
instant, surant en la superfície de
l'aigua com si el temps no existís.
Els seus ulls, foscos i profunds, em
van mirar per última vegada, plens
d'una saviesa silenciosa que
semblava dir el que les paraules no
poden explicar.
Amb un moviment lent i majestuós,
l'Oiken va començar a descendir. El
seu massiu cos, que durant tant de
temps havia estat la meva fortalesa,
se submergia amb una elegància
que contrastava amb la seva
imponent grandària.
L'aigua es va tancar sobre ell,
empassant-se la seva silueta poc a
poc, silenciós comiat, em vaig sentir
buit d'immediat.
  Fins sempre Oiken.
Al cap del que van semblar unes
interminables hores, ja tot sol i
sense la companyia de la meva

balena preferida, aquella poderosa borrasca va començar a amainar i sobre aquells núvols ja afeblits, van començar a sorgir petits estels sobre aquell cel nocturn, sobre aquell fosc sostre, semblava com si les gotes s'haguessin detingut, ja no queien, se suspenien en l'aire.
Vaig trigar uns instants a adonar-me que no eren gotes, sinó el cosmos amb les seves constel·lacions, sobre el cel obert. Ja no hi havia núvols.
Guiant-me pels estels, per la meva contreta experiència que havia adquirit aquelles hores, al costat de l'Oiken i com a capità de navili, vaig començar a navegar perseguint l'Ossa Major.
Amb la màniga de la meva "PeaCoat" vaig eixugar la humitat del meu front, produïda per la pluja i de la meva butxaca, vaig agafar un astrolabi per a guiar-me.
Amb una mar cada vegada més tranquil.la, la meva embarcació

onejava de manera agradable i gairebé sedant, mentre la meva obstinada perseverança, em feia sentir gairebé obsessionat per perseguir la llum més brillant del carro major.

Una vegada reconstituït de l'esgotament d'aquella tempesta, navegava sobre la mar acariciant les ones, la brisa assecava el meu front i les meves vestidures de mariner.

Amb la major hissada per complet, la meva embarcació semblava perdre el contacte amb l'aigua de la mar.

Cada vegada més ràpid, el meu petit navili, va fer l'impossible, o potser no, un poderós cop de vent a favor semblava fer levitar la meva embarcació.

Amb aquest afany de perseguir aquella estrella, va alçar el vol, vaig mirar per la borda, estava a cinc, deu, quinze metres sobrevolant la mar, cada vegada més alt.

L'Ossa Major va començar a créixer o potser m'estava acostant per moments.
Semblava impossible que estigués passant allò, gairebé sentia que era possible tocar-la amb les mans.
Així que vaig seguir en la meva valenta expedició cap a l'infinit .
Cada vegada major, cada vegada més ossa, estava acostant-me moltíssim, era enorme.
Estava tan a prop, que tot el meu rang de visió estava gairebé encegat per aquest blanc pur, gairebé diví. Tot era càndid, **com si es tractés d'una poderosa alba.**
De sobte quan estava acariciant-la amb els meus dits, tot es va convertir com el sostre i les parets de l'habitació, enlluernadora, on em recuperava del meu fotut maluc i on el rellotge de cucut, va començar a tritllejar anunciant l'arribada d'un nou dia.
La tempesta va cessar, l'onatge es va convertir en llençols i la meva

embarcació en llit.
Tornava a estar en bon port, cansat i espantat, però en port al fi, el rellotge de cucut va deixar de sonar, tot va tornar a la mateixa normalitat de sempre, de manera estranya, enyorava a l'Oiken.
Al cap d'una estona que el meu llit ja no onegés al compàs de la marea, vaig intentar donar sentit a l'ocorregut.
No entenia del tot la situació que acabava de viure. Aqueslla estrella, aquella balena, aquell llum d'oli que es movia al so de la meva embarcació, xop per la pluja, aquella aventura èpica.
Per molt que intentés esforçar-me no trobava el sentit al que habiaviscut, com sempre, la culpa, la medicació, però...
Fins a quin punt?
Cada situació viscuda, cada lluita, cada gota de sang vessada, cada vegada em semblava més real que l'anterior.

CAPÍTOL VII
Un àngel sota la pluja

No entenia que acabava d'ocórrer, el meu llit de sobte tornava a estar atracat al terra de la meva habitació, a aquell port del que no semblava haver-se mogut. La meva odissea per l'oceà es va mostrar, com si només hagués estat un somni, massa real per a ser ficció, massa fantàstic per a ser real.

El viscut semblava fruit de la ingesta dels medicaments, però com dic, ho vaig sentir, ho vaig viure, cada instant com si fos realment autèntic, amb el meu front humitejat encara.

Cada vegada que ingeria una
d'aquestes petites i lluents píndoles
o m'adheria a la pell el fentanil,
alguna cosa ocorria al meu cap.
Vaig començar a agafar-los por i
alhora addicció.
No era normal el que m'ocorria,
quan les drogues començaven a fer
efecte i em terroritzava, però a la
vegada desitjava amb anhel veure el
que hi havia després de la porta de
l'arc de Sant Martí al que em feien
viatjar.
En tot cas, aquelles sedants i
al·lucinògenes substàncies feien
que m'evadís del dolor, la qual cosa
semblaven ser unes hores al dia, i
encara que m'embarqués en
innombrables perills i aventures,
eren necessàries.
Valia la pena arriscar-se.
No podia continuar submergit a
donar-li voltes a allò, ja era gairebé
migdia.
Al no poder a penes sostenir-me en
peus, feia dies que no podia donar-

me una merescuda dutxa, ni afaitar-
me i aquella tarda vindria a visitar-
me la meva doctora.
El nostre petit consultori estava
prop de casa, a no més de cinc
minuts de passeig, però si anar per
aigua, dins del meu habitatge, era
una odissea obscena i entenent el
meu obligat repòs, la meva metgesa
em visitava a casa sovint per a
veure el meu estat i evolució.
Era d'agrair.
Així doncs, amb ajuda del meu
bastó, vaig poder posar-me en peus.
Maldestre i extremadament
encorbat vaig aconseguir arribar al
bany, una mà subjecta al bastó,
l'altra a la paret.
Encara amb ajuda de la crossa i les
parets, el meu moviment era molt
ortopèdic i dolorós.
Asseure's era dolorós i aixecar la
cama per a entrar dins de la blanca
i lluent banyera ho era encara
més...
Per sort alguna ànima, algun

fantasma, amb extrem sigil, havia
instal·lat, una barana d'aquelles de
subjecció. Les vaig fer servir sense
dubtar-ho i em van ajudar a
completar la meva comesa.

Gràcies.

Així doncs, després de diversos dies
atrapat en la incomoditat i el dolor,
em vaig permetre el luxe de donar-
me una bona dutxa.
Dins de la banyera i amb extrema
precaució, havia creuat el punt de
no retorn, vaig obrir l'aixeta, el so
de l'aigua caient va omplir el bany i
quan la primera gota tèbia va tocar
la meva pell, un sospir
d'alleujament em va recórrer per
complet. Aigua càlida i
reconfortant, que lliscava sobre el
meu cos, emportant-se part del
dolor.
Poder netejar-me, encara amb dolor,
va fer més del que qualsevol pugui
imaginar, no entenia com aquest

simple acte, m'inundés de ganes de viure.
Amb les galtes vermelloses per l'aigua calenta, vaig entendre allò que cada gota d'aigua és vida.
No la malgastis mai, lector.
Quan finalment vaig tancar l'aixeta, l'aire fresc del bany va contrastar amb la calidesa que encara mantenia el meu cos. Vaig agafar la meva tovallola, suau i esponjosa al tacte i la vaig passar amb cura sobre el meu cos. La seva textura, tan acollidora... Es podia sentir com a carícies delicades, assecant l'aigua, però deixant una sensació d'alleujament, fent que el seu confort, m'emboliqués completament, com si la tovallola m'abracés després de dies de tempesta. Després d'allò, vaig tornar a la meva habitació.
Aquest acte va ser tan plaent, que la naturalesa va voler contagiar-se, mirant per la finestra, vaig veure que va començar a ploure amb

força.
Semblava una d'aquelles tempestes
de final d'estiu, que xopen i
refresquen tot l'ambient, encara
que molt sorolloses i de violent
vent.
Els següents minuts van passar amb
normalitat, mentre els arbres es
balancejaven amb força pel vent i la
pluja deixava tot humit al seu pas,
vaig encendre el televisor que tenia
al dormitori, per a distreure'm una
estona, encara que com de costum,
el canal de notícies no era massa
esperançador, parlaven de la típica
tensió entre països amb capacitat
nuclear. Mentrestant esperava la
visita de la doctora, que ja no
trigaria a arribar.
Vaig sentir que algú va picar a casa
i tot seguit, el so de la porta
d'entrada, s'estava obrint i des de
l'habitació vaig sentir el murmuri
de dues persones saludant-se i la
imponent pluja després de
l'entrada.

La porta emetia un so peculiar, que m'avisava de cada arribada encara que no sentís el timbre, ja que grinyolava una mica quan algú l'obria, quantes vegades em vaig dir a mi mateix que l'havia de greixar, no haig de deixar res mai per a més tard, potser demà serà impossible fer-ho.

... Vaig memoritzar en aquell moment.

Uns segons després, va aparèixer un àngel a la meva habitació, amb una bata blanca, lleument humitejada per la pluja, realment resplendent, era la meva doctora amb el típic estetoscopi penjat després del coll.

Després del col·loqui inicial que vam mantenir perquè la doctora es poses al dia sobre les meves molèsties, va injectar sobre el meu adolorit maluc, cortisona i va recordar-me amb esperança que aviat m'operarien.

Ens coneixíem bé, la nostra doctora

cuidava la salut de la meva familia també.
Entenc que per això la visita va ser tan fugaç, possiblement la sorprenia i afectés veure'm en aquest estat i més coneixent el meu historial mèdic. Buit durant tota una vida i ple de malalties i abusos en només una nit.
Em va dir que trigaria un parell de dies a fer efecte i que em mantingués el màxim possible en repòs, jo vaig pensar que no tindria problemes, perquè gairebé no podia caminar.
No vaig caure en aquell instant a comentar-li els viatges als que em submergia

CAPÍTOL VIII
<u>Fosc i infinit</u>

Feia una estona que la doctora va tancar la porta de casa en sortir. Jo em vaig quedar com de costum tombat en el llit. Era difícil intentar passar el temps en aquest estat, una mica la televisió, tal vegada el diari del dia, o fins i tot escriure alguna novel·la, per si algú en la meva mateixa situació, o tal vegada pel plaer de llegir, vol endinsar-se en aquesta boja història que visc. En tot cas, el meu major passatemps era mirar per la finestra i això és just el que estava fent en aquell precís instant.

El sol darrere els núvols, es posava amb estranya lentitud, semblava que aquest dia no volia anar-se'n a dormir, o potser, aquesta era la sensació que em donava, ja que continuava ocult després de la forta tempesta.

El cel, molt nuvolós, estava de color gris ataronjat típic a les pluges d'estiu. Encara que no va durar massa aquesta bonica estampa, semblava que algú amb molt de talent hagués dibuixat, amb aquarel·la i sobre un llenç, un preciós cel tempestuós.

La meva dona, sempre atenta, em va portar alguna cosa per a sopar, en la típica safata que es posa sobre el llit per a portar l'esmorzar amb unes flors a la teva parella, o perquè un desgraciat malalt d'artrosi pogués omplir la seva desganada panxa amb una mica d'aliment.

Els dies anteriors no vaig poder

ingerir absolutament res, només
bevia aigua i la veritat és que em va
fer perdre algun quilo que havia
adquirit de més.
Havent sopat, poc, tocava recollir
els passatges del vol i creuar el
cordó de seguretat de nou, vaig
obrir el calaix medicamentós,
estava segur que m'anava a
embarcar en una nova aventura
al·lucinògena, però per desgràcia,
gens bo estava a punt de succeir.
Ja he explicat la grandària que
adquirien les meves pupil·les, però
ni així era capaç de que els meus
ulls s'acostumessin a la foscor.
Com s'acostuma un ull a la por...?
Em preguntava.
Ja era nit tancada, quan de sobte
vaig intentar encendre el llum de
l'escriptori que tenia al meu costat
per a no sumir-me en la més
absoluta ombra.
No vaig trobar la tauleta, tampoc el
calaix, la meva mà es va topar amb
el que semblava una paret, a prop,

molt a prop, a penes deu
centímetres em separaven
d'aquesta barrera impossible.
Em vaig girar i em vaig topar amb
el bessó malvat del mur que un
instant abans vaig palpar amb la
mà, just en l'altre costat.
Estava embolicat en foscor, sufocat.
L'aire que va començar a fer-se més
dens, a penes passava pels meus
llavis, cada alè era més curt que
l'anterior.

QUÈ CONY AQUESTA PASSANT???

En intentar incorporar-me, un cop
en el front, d'aquells que et marca
que el camí és incorrecte, de nou
una altra malèvola paret, aquesta
vegada, un sostre sobre meu, igual
a uns deu centímetres.
No entenia absolutament res,
estava dins del que semblava una
maleïda caixa i pel tacte, no eren
bones notícies.
El meu cap, ràpidament es va posar

en la pitjor de les situacions, potser
havia sofert una catalèpsia i
m'havien enterrat viu, no recordava
com havia arribat a aquella situació.
Merda, merda, pensa, pensa de
pressa collons, em deia a mi
mateix... buscava una forma inútil
de deslliurar-me d'aquella puta
ratera sense sortida, sense el puto
formatge de premi per haver resolt
el laberint.
Potser estava mort, o pitjor encara,
potser continuava viu.
Si, ho seguia, continuava
maleïdament viu i això era pitjor
que qualsevol fotuda cosa que
m'hagués passat amb anterioritat.
Estranyament, va aparèixer a la
meva mà, el mòbil amb el qual estic
escrivint ara mateix, enterrat en
vida, no tenia ni tan sols cobertura,
apareixia el típic logo d'una "X"
acompanyat d'un "sense senyal".
El terror que sofreix la gent per no
poder enviar un missatge a temps i
per a mi significa que m'acosto

lentament a una lamentable,
agònica i muda mort perquè per
molt que xisclés ningú semblava
escoltar-me.
El pes de la terra, sobre meu, es
feia més opressiu amb cada segon.
Podia sentir pressió en el pit,
impedint que l'aire entrés per
complet, m'ofegava.
Així que, per això escric aquestes
línies de marxa, per si algun dia us
dona per desenterrar-me al costat
del meu desgraciat mòbil, que
sapigueu que.

EM VAU ENTERRAR VIU,
CABRONS!!!

Sanglotava... mentre a poc a poc, el
CO_2 va començar a viciar l'ambient
així que em vaig resignar a tenir
una mort dolça, sense agonies, ja
gairebé que l'esperava, l'estimava
com el ser estimat al qual esperes
en l'aeroport al costat de la porta
de les arribades, o per a saber

girar-me sense ningú que m'acomiadés després de les de sortida.

Tot era tan fosc, era bonic, com si algú perdés la mirada a l'horitzó i el món acabés a un pam de distància, era mirar una cosa pròxima i a l'infinit al mateix temps.

Vaig tancar els ulls per a intentar viatjar a una altra època, un altre moment de la meva vida.

Però l'esforç va ser en va, perquè l'ésser humà, encara viatjant en el temps, només pot fer-ho a una velocitat constant i inamovible d'un segon per segon.

Quan la carpa ja gairebé m'havia abraçat i ja estava disposat a deixar-me seduir per la seva freda i aspra pell... va aparèixer la llum, una altra vegada de nou, la persiana de la meva habitació es va obrir de manera sobtada, donant fi a qui Déu sap, que m'hagués ocorregut, un mal somni o una altra vegada una experiència extracorpòria produïda pels meus estimats al·lucinògens.

En tot cas, sense saber com, un nou dia ha nascut, igual que jo.

Va ser tot causat per les meves traïdorenques medicines o tal vegada no...

El que era important en aquell instant era que podia tornar a respirar amb aparent normalitat, però tot em va semblar o ho vaig viure amb extremada realitat.

CAPÍTOL IX
<u>Collites de pau</u>

Les hores van donar pas als dies, i els dies a les setmanes, és una cosa que tots sabem i que usem com a viatge temporal quan, entremig, no tenim res millor per explicar que el propi silenci. Mirant per la finestra, l'estampa ja era tardorenca, des de la meva habitació podia veure el jardí i allà de sobte, jugant aliens a la meva mirada, van aparèixer dos petits i insensats ocells, els meus fills. Semblava mentida, però mentre estava en la meva desagradable incapacitat, sense poder moure'm, no m'havia adonat del ràpid que

havien crescut el Quim i el Nil.
Em vaig adonar que els nens,
creixen independentment a
nosaltres, estiguem com estiguem,
són com a arbres fruiters, que
veiem créixer temporada a
temporada, però no durant l'any,
per molt que els mirem
constantment.
Creixen sense demanar permís a la
vida, en un acte d'obediència
orgànica, i desobediència civil, ja
que eren bastant entremaliats, com
tots els nens.
Veient-los jugar al jardí me'n vaig
adonar de que, amb una naturalitat
increïble, com a ocells imprudents,
que aquelles criatures sense
bolquers estaven creixent.
Els trobava molt a faltar,
últimament, només els veia en les
seves ràpides visites, a la meva
habitació, però com a nens que són,
eren visites curtes i impacients,
com a ocells que s'acosten per una
molla de pa i després s'allunyen.

Mentre mirava per la finestra, pensava que hauria d'haver anat més al seu costat, al seu llit, al vespre, sense presses per fer-los dormir, però sobretot per a escoltar les seves ànimes respirant converses de paraules i confidències sense sentit entre llençols i coixí.

Aquell dia vaig aprendre que la possibilitat de banyar-los, ficar-los al llit, no eren tasques esgotadores i sense paciència del final del dia, eren oportunitats per a olorar-los, abraçar-los, escoltar-los, no eren tasques, eren actes d'amor incondicional, eren oportunitats per a crear nous records en ells.

Aquell dia vaig aprendre que només tenia un somni, no volia que creixessin, sense que hagués esgotat fins a la meva última gota d'afecte per ells, vaig aprendre a voler veure'ls créixer dia a dia, nit rere nit.

Veure créixer al Quim i al Nil, era

un remolí d'emocions profundes.
Cada lluita que enfrontaven, ja anés
sota la llum del dia o a la quietud de
la nit, forjava en ells una força
única.
Era com observar la creació d'uns
éssers encara incomplets, però
plens de potencial. Les seves
diferències, els seus reptes i les
seves victòries, anaven de bracet en
un viatge compartit, que encara
sabent que el seu camí està per
definir, ja eren capaços d'ensenyar-
me l'horitzó, amb la fortalesa i la
seguretat d'un gegant.

Hams

Poc va durar aquella aparent tranquil·litat, amb la que, aliens a tot el que succeïa, em van obsequiar els meus fills des de la finestra, de sobte i sense realitzar cap gest estrany, un dolor punxant va començar a recórrer la meva cama esquerra, sobretot sentia el dolor en el dit gros del peu esquerre.

Era com un dolor causat per l'àcid úric, un atac de gota perquè ens entenguem, però la realitat anava a ser pitjor.

Una neuropatia perifèrica es va creuar, al costat de l'artrosi, en el

camí. Com si es tractés d'un
enamorament sobtat, es van donar
la mà per a començar a viatjar
juntes, aquestes dues malalties.
Aquesta tòxica, dolorosa i fastigosa
amistat emergida del no res, era
realment horrible, ja no eren brases
ni cristalls, era la fantasia més
perversa de Wes Craven. Una
autopista nerviosa, en la qual
s'havia convertit la meva cama, amb
centenars de vehicles xocant entre
ells i sense sentit, creant una
pasterada de ferros, salats, oxidats i
jo enmig de tota aquesta bola de
metall.
Sentia cada impuls nerviós com si
algú estigués cremant-me amb un
cigarret.
Vaig intentar posar-me en peus,
però ni amb l'ajuda de la meva
benvolguda crossa blava podia fer
un pas.
Era com tenir un ham clavat en l'os
del galindó. Però el fil de pescar
estava tibat i no era de niló, no

podia arrencar-ho. El meu dit polze
es va convertir en l'esquer.
Com més tirava, més es clavava.
Era nauseabund, em vaig donar per
vençut i em vaig tornar a tombar en
el llit com vaig poder. Podia arribar
a sentir l'olor putrefacta i metàl·lica
d'aquesta espècie de vell i
deteriorat garfi, clavat en el meu
os.
Mentalment, no podia més, ja
estava ferit de mort, en un decés
lent i dolorós, era una massa oberta
i purulenta a la que se li va afegir
un tall sobre ferida oberta.
La gota que va fer vessar el got.
Sentia els ossos desfets, com si
aquest dolor que es va afegir al del
maluc, hagués liquat la meva massa
òssia, com una càries al peu.
Mai trobaré adjectiu que faci
justícia a aquest mal, però era com
si els meus nervis a través de la
medul·la espinal, com a emissària,
sempre portés males notícies,
notícies del 22 de novembre del

seixanta-tres, eren dos quarts d'una
del migdia i em vaig convertir en
l'objectiu de Harvey Oswald i
aquesta bala era per a mi.
Amb la diferència que el valor de la
meva vida, en aquest instant,
semblava estar per sota del preu
d'aquella maleïda bala al cap.
Vaig agafar el telèfon com si fos una
arma, per a defensar-me de tan
mesquina agressió, vaig trucar a la
meva doctora, que va venir de
pressa, per a confirmar el que ja
sabia que m'ocorria. Per sort va
portar un medicament per a
intentar frenar aquest dolor
punxant i buit.
De nou va ser com un àngel i
encara que els seus esforços eren
admirables i m'ajudaven a
mantenir-me amb vida, el meu alè
estava molt lluny de considerar-se
una cosa digna.
Realment em sentia com si una serp
constrictora m'estrenyés el coll, la
meva vida s'havia trencat, de

portar-la de manera normal com la majoria...
Vaig passar d'això, a estar reunit en el ranxo Spahn i jo, hagués pres el rol de Sharon Tate,

CAPÍTOL XI
<u>Comerç al detall</u>

Després de parlar i de la segona visita de la meva doctora, vaig caure-hi que ja feia uns mesos que no anava a la feina. I el meu telèfon no havia sonat en tot aquest temps, ni un miserable missatge.
Així que ple d'aquest malestar i una espècie d'inspiració que va recórrer el meu cos, vaig agafar de la tauleta de nit un full i el meu bolígraf preferit.
Vaig fer servir com sempre que haig de redactar, un
paper "Offset" blanc.
Jo formava part d'una multinacional que es dedica a les

telecomunicacions i està malament que ho digui jo, però malgrat ser un número com tots els que formen part d'una gran empresa, jo no era un més.

Considerat un dels venedors més cotitzats de l'última dècada, on cada dia rebia elogis, convidat a esdeveniments i possiblement un dels comerciants motivacionals més influents dels últims temps, malgrat tot això, va ser com si la meva condició de malalt, m'hagués esborrat d'aquesta exclusiva llista, ja no estava convidat a la festa. Però tenia clara una cosa, si el meu telèfon no sonava mentre lluitava, molt menys respondria quan guanyés. Encara que em fotia que no m'haguessin tractat com una inversió i aquest sol ser el major dels problemes, un empleat cal tractar-lo com una inversió, no com una despesa, les despeses foten i en aquest moment jo estava fotent a més d'un.

El meu superior, malgrat tenir
artrosi com jo, empatitzar abans de
la meva baixa i que semblava
preocupar-se per la meva salut,
abans de caure malalt, no em va
trucar mai.
Jo pensava que era una preocupació
real, però el telèfon, de nou, no
sonava, mai va sonar, mai va
trencar el silenci del meu descans.
Però si algun dia llegeixes això, vull
que sàpigues que m'hagués
encantat que el meu telèfon sonés.
Que em diguessis que l'artrosi no
ha entès com és de forta la vida,
que és una malaltia covarda i sense
sentit, que fa sagnar i guanya
assalts, però que mai és vencedora,
si ho haguessis fet... mai hauria
dubtat de tu ni t'hagués escrit això.
Sempre feies gala de la nostra
amistat, em mostraves com a un
trofeu al qual cal cuidar i ara el teu
dit m'assenyala en el clatell, com el
que assenyala al malalt o a
l'enemic.

Però mai vas decidir trucar, ni desitjar una ràpida recuperació, per mi, per tu, per simple humanitat.
El teu vell trofeu ara està lluitant, tapat per la pols, però lluitant per tornar a resplendir.
Algun dia t'assenyalaré jo a tu amb el dit però als ulls i de front. Et diré el que mai em vas fer escoltar i que tant necessitava sentir, t'explicaré que la nostra malaltia no té raó de ser, que ho superaràs, o tal vegada no.
Però tingues clar que serà una batalla dura, una guerra sense munició, sense efectius i amb una única arma, la valentia.
Benvolgut cap, l'artrosi és una malaltia, manca de sentiments, que mor davant el valor, però que mata covards.
Recorda-ho el dia que el teu telèfon no soni, recorda que... el silenci a vegades, mata innocents
Aquest capítol era important, però no mereixes beneficiar-te de l'única

cosa que mai es recupera, la vida, el temps, i igual que les abelles no perden el temps explicant a les mosques, perquè que la mel és millor que la merda, jo no penso perdre'l més amb tu.

Així que fes servir aquest escrit sempre que el necessitis.

Atentament, el teu polsegós trofeu.

Seguidament, vaig plegar el full dissenyat i vestit amb lletres blau fosc, el vaig guardar dins d'un sobre i el vaig adornar amb un segell postal commemoratiu en el que apareixia de manera majestuosa la Muralla Vermella de Calp i el vaig deixar per al seu enviament, anotant finalment el remitent i destinatari.

L'endemà, el sobre i el seu poderós contingut van desaparèixer de la tauleta on el vaig posar a descansar després d'haver-lo redactat.

Realment penso que mai em penediré d'haver escrit allò, vaig posar esperit en aquelles

miserables paraules i m'enorgullia
d'haver expressat en una carta
dirigida a un superior tot allò i
d'aquesta forma, amb paraules que
mai podríem fer sortir en directe,
però som amos del que escrivim.

No em penedia...

CAPÍTOL XII
El segon cercle

 La creença popular diu que l'infern és un lloc ple de pecadors, abrasant-se constantment, per a expiar els seus pecats.
Jo continuava viu en un infern, ja tenyit de blanc, Nadal s'acostava i amb ell, el fred.
Les pluges de les últimes setmanes ja queien en forma de perseverant neu, em sentia molt sol en perdre la companyia d'alguns ocells que solia escoltar durant els mesos més càlids i algun gat curiós que s'acostava a la finestra de tant en tant.
Els nens ja no jugaven sobre la

verdosa gespa, ja coberta per espessa neu, ni els grills ambientaven les meves nits amb els seus melòdics cants.
Només existia el fred en aquell hivern climàtic, però era tan poderós que no sols gelava amb el seu alè, carrers i llars, que amb molt d'esforç, mantenien constant el fum sortint de les seves xemeneies.
De manera estranya penetrava músculs i artèries, aviat em vaig adonar que el que sentia, no era la baixada de temperatures típiques de l'època de l'any.
Estranyava a la meva dona. Amb el meu malgastat maluc, la meva medicació i amb tota la resta, feia mesos que no podíem ser parella.
No era ni obsessió, ni vici, simplement amor, companyia i afecte.
Trobava a faltar les seves carícies, les seves abraçades, la trobava a faltar a ella, trobava a faltar sentir-

nos quan els nens dormien. Feia
setmanes, que
no s'escoltaven riures compliços, ni
una copa de vi omplir-se, feia mesos
que la nostra pell es va sentir per
última vegada.
No hi havia res a celebrar.
Tenia ganes d'ella, però en aquest
segon cercle del fred i hivernal
infern, sentia com si una impotència
artròsica m'hagués pres com a únic
amant.
Jo tenia ganes d'ella, però ella amb
més sentit comú que jo, responia
negativa.
Haig de reconèixer que moltes
vegades vaig pensar que era per ser
una deixalla en aquest estat, fràgil i
trencat, o que ja no era el viril
mascle que com si es tractés
d'un orangutà, va conquistar a la
seva femella una nit d'estiu, en
plena època d'aparellament, no la
culpava...
Ja no era aquest ésser masculí que
una vegada jove i esvelt es movia

com un felí. M'havia convertit en tot
el contrari.

De sobte em vaig veure atrapat en
el segon cercle de Dante, sense ser
pecador de luxúria, només el just.
Virgili ja ordenava al Dante, que
havia de condemnar-me de manera
injusta, per deixar que els meus
apetits carnals, superessin la meva
raó.

La luxúria regnava i l'aire estava
replet de desitjos desbordats.
Aquell infern, aquell càstig sense
sentit, on no em vaig trobar ni amb
la companyia de Paris, en Tristà o
Helena de Troia.

Només homes, dones, figures
etèries al meu voltant, atraient-me,
murmurant falses promeses, sense
rostre.

Tènia la sensació d'estar
sent assetjat de manera
aclaparadora, sentint-me penetrat
per membres inexistents, buscant
posseir-me per complet.

Intentava escapar, però cada pas

em portava a un lloc més profund,
en aquest laberint de passions
desenfrenades.
Capaços de cridar, pecadors de
luxúria tots, que allà se'ls castigava
com a mi, que entre aquella
multitut intentava obrir-me pas,
mentre amb els seus murmuris, com
a cants de sirena intentaven
arrossegar-me a la perdició, en una
lluita interna de por i desig.
Aquests inquilins del segon cercle
no havien après res, tenien set de
luxúria, de sexe i jo, era la novetat.
D'igual forma vaig descobrir que el
càstig és més ràpid que la veritat i
pel motiu que fos, en Dante no
confiava en mi.
Només escoltava els gemecs
dolorosos i plaents al mateix temps,
que sense cossos nus que els
emetessin, ressonaven sobre parets
fetes de genitals femenins, era
malaltís i temptador al mateix
temps.
Parets que m'incitaven a la bogeria,

pecaminoses i tramposes que
intentaven per tots els mitjans que
m'acostés a elles per a ajuntar carn,
però no ànima, no hi havia salvació
en aquell lloc.
Eren dolces, extremadament dolces,
m'atreviria a dir que fins a gairebé
innocents, m'incitaven a deixar-me
seduir pel plaer, em murmuraven a
cau d'orella, em deien que les fes
meves una vegada i una altra.
Però jo era més fort, jo era més
impotent.
Estava sol, castigat per un
conqueridor fred i un violent vent,
excitantment sexual i sota zero,
xocant contra el meu cos que
encara amb roba, semblava gairebé
nu, o potser realment nu, per la por
i la inseguretat de trobar-me en
solitud en aquell viciós segon
cercle.
Alguna cosa tenia aquell lloc, obscè
i brut que provocava una espècie
d'excitació congelada. No hi havia
res allà abaix que m'atragués, ni

sofria de fílies en el meu dia a dia,
però aquesta foscor, aquest fred era
calent.
Mai em vaig considerar luxuriós,
però Dante em castigava sense
parar, només per voler tenir
relacions, encara amb els ulls ja
cansats, amb la meva parella.
No era luxúria, simplement
estimava a la meva esposa.
Simplement, volia que m'abracés
tan fort, que ajuntés els meus ossos
de nou.

CAPÍTOL XIII
Trinxera enemiga

Passaven les hores, els dies, estàvem en ple hivern, a través de la meva benvolguda finestra, veia la neu caure, aquesta que m'acostava una mica al món exteríor, ja ressonaven les primeres nadales que adornaven i conquistaven, al costat de la típica olor de galetes de gingebre, l'ambient festiu. Estàvem a pocs dies abans de Nadal.

Haig de reconèixer que aquests dies sempre m'han fet il·lusió i és la meva època de l'any preferida.

La meva doctora em va portar un present de forma anticipada, ja que

en una de les seves visites, dies
abans i amb una nova dosi de
cortisona, va fer de la meva vida,
una cosa més digna de viure.
Almenys podia fer uns pocs passos
sense morir en l'intent, la meva
doctora em va regalar la llibertat de
poder posar-me en peus i realitzar
petits trajectes, al costat del meu
benvolgudíssim bastó.
De pas em va recordar que
canviaríem de plans, ja que havien
d'operar-me la columna, abans que
el maluc.
La neuropatia apareguda del no res
setmanes abans, estava guanyant
pes, gairebé deixant a un segon lloc
tant l'artrosi com la fractura
pelviana.
Una treva, un alto el foc que va
negociar la vida, almenys per a
aquells dies.
Allà estàvem tots dos bàndols,
soldats morts de fred i de por,
intentant evitar el màxim possible
les gelades temperatures sota les

nostres trinxeres.
No volíem sentir un tret, no volíem
sentir el so de la metralla, ni la llum
que produeix el foc de morter
aquella fosca i gèlida nit, però
atents a qualsevol violació de l'alto
el foc.
Tot semblava molt tranquil, des de
l'altre costat del camp de batalla, en
la trinxera enemiga, va començar
a escoltar-se un murmuri, una
melodia de concòrdia.
Així que després de pensar-ho, vaig
agafar un drap blanc en senyal de
rendició i em vaig acostar
lentament per a donar una mostra
de pau, un present per a aquests
dies i en agraïment per aquella nit
de convivència.
Vaig sortir de la meva trinxera i
després d'això, vaig tancar la porta,
a poc a poc em vaig anar acostant a
l'enemic, convertit en aquest preuat
moment, en un amic amb data de
caducitat, així que havia d'aprofitar
aquest moment de companyerisme.

A poc a poc les nadales sonaven
més fortes, m'animaven a continuar
endavant. Lluny veia la silueta de la
meva esposa i els meus dos petits
fills, a l'inici de la trinxera enemiga,
el carrer que ningú vol trepitjar.
Després de la porta de casa, uns
solats sanguinaris, disfressats amb
pell de nen, en bàndol enemic i amb
el nas vermellós per les baixes
temperatures, cantaven amb veu
melòdica una cançó d'aquesta
època tan nadalenca, no recordo
quina.
De camí, vaig agafar uns dolços en
senyal d'amistat per hores, sabia
que aviat acabaria i el meu enemic,
continuaria sent un traïdor.
Aquestes criatures van acabar el
seu concert i els vaig oferir aquell
present, ho van acceptar amb gust i
a poc a poc van desaparèixer sota
de la boirina, cap es va girar en
senyal d'amistat, cap volia pau,
però els generals no lliuren les
seves pròpies batalles. Érem soldats

desconeguts, que lluitàvem perquè algú va decidir que havíem de fer-ho.
Falsos soldats que lliuren, veritables batalles, com en totes les guerres que succeeixen pel món. Políticament incorrectes, econòmicament brutes i autènticament falses, perquè totes tenen el mateix en comú, se signen en despatxos, s'inicien en camps i en tots els bàndols, la primera víctima és la veritat.
Era simplement un negoci, una curta amistat per hores, que aviat arribaria a la seva fi, eren al carrer, perillós territori enemic.
I així doncs van marxar, mai vaig tornar a veure a aquests valents combatents, que un dia van ser a mà alçada, poderosos enemics subjectant destructives armes i que van saber convertir-se en amics.
A l'endemà, tots tornaríem a les nostres trinxeres i encara que el meu principal enemic era el meu

propi cos, havia de tenir una cosa
clara, l'enemic del meu enemic,
continua sent un enemic.
Per molt que durant una estona,
unes hores o un dia sembli el
contrari, continua sent el mateix
impostor.

CAPÍTOL XIV
<u>Absurd i llarg</u>

Després d'aquella pactada treva, vaig tornar al meu campament. Havia d'estar tranquil, ja que en unes hores m'anaven a operar, el cirurgià anava a obrar la seva màgia.

Amb la fugida del sol d'aquell dia, la neu de l'exterior va anar fent-se cada vegada més densa. Era un hivern dels més freds que recordo. Si no el que més. Com ja era tard i els meus benvolguts éssers ja dormien, vaig encendre el llum de la meva tauleta que tant m'acompanyava, per a poder gaudir

almenys de la companyia, de la
delicada llum que emetia.
Era una il·luminació ataronjada,
més de cortesia que per a il·luminar
una gran sala i que de tant en
tant titil·lava.
Amb l'ajuda d'aquesta, vaig agafar
els meus medicaments i els vaig
ingerir.
A poc a poc la llum va anar fent-se
més opaca, fins que em vaig sumir
en una profunda foscor.
Vaig intentar acostumar la mirada a
aqueslla negror, però només era
capaç de distingir alguna allargada
i difuminada ombra i el que
semblava una porta metàl·lica.
Una entrada que no hauria d'estar
allà, així doncs, em vaig disposar
amb ajuda del meu mòbil a mode de
visor nocturn, amb la lluentor de la
pantalla al màxim de la seva
capacitat i amb la meva crossa, vaig
acostar-me a aquella porta absurda
i impossible.
Estava tremendament freda al

tacte, vaig girar el pom que la protegia d'una obertura no autoritzada i res va succeir.

No entenia per què havia aparegut gairebé del no res, una cosa tan aberrant.

Em vaig fer mitja volta i vaig veure a uns metres una petita llum gairebé infraroja i atret com una arna en la foscor, em vaig acostar a ella. Quan vaig arribar a aquesta petita luminescència, vaig poder adonar-me que unit a aquesta lluentor hi havia una clau, era gairebé màgic.

Ràpidament, vaig entendre que havia d'obrir aquella porta metàl·lica i impossible, que havia aparegut en aquell lloc.

Vaig girar sobre mi mateix per a tornar a creuar la mirada amb aquella entrada tancada i inviolable sense l'autorització pertinent.

Les ombres es feien cada vegada més acusades i agressives, causades per la lluentor del meu

mòbil, però no podia distreure'm
amb aquestes semblants aparicions
monstruoses, així que vaig arribar a
la porta més ràpid que lent, perquè
no em fiava d'aquelles aparentment
inofensives aparicions.
Vaig inserir la clau que va entrar
amb facilitat, gairebé semblava que
el pany hagués estat acabat de
greixar, vaig donar tres voltes i la
porta es va obrir, emetent un gemec
metàl·lic, gairebé d'advertiment.
Un so per a avisar a incauts que
aquesta entrada no hauria d'haver-
se obert, que no volia mostrar el
que ocultava a l'altre costat.
Després de sospirar per a donar
sentit a aquesta visió, a aquesta
porta a un altre món, el meu cos va
traspassar l'entrada, em vaig dirigir
a l'altre costat, amb una mescla de
temor i curiositat.
El que tenia clar, és que si havia
aparegut allà, amb la seva forma,
havia de ser per algun motiu. No
sabia quina era la comesa d'aquell

portal cap al desconegut, però volia esbrinar-ho. Vaig entrar deixant les horribles i denses ombres darrera de la meva esquena.
Continuant amb l'ajuda del meu telèfon vaig il·luminar l'estada. Més que una habitació, el que es va presentar devant meu, va ser un passadís infinit amb tal negror que la lluentor emesa pel meu mòbil semblava atenuar-se, una foscor semblava absorbir la llum emesa. Vaig provar llavors amb la llanterna que tenen els telèfons intel·ligents avui dia.
No va servir de molt.
Amb la meva improvisada torxa i com si m'hagués endinsat en una caverna, vaig poder reconèixer parets fetes d'un aspre formigó i en tots dos costats de les parets, se succeïen amb simètrica distància entre elles, portes i més portes, exactes a la que havia creuat instants abans, a la meva habitació, totes fredes, totes de metall.

Aquest passadís, gelat i fosc, em
recordava a una morgue. Era un
lloc apoderat pel terror, ni tan sols
tenia la companyia del típic insecte
o rèptil que nia en llocs foscos i
humits, en aquell lloc jo era l'únic
ésser viu, almenys el baf que sorgia
de la meva respiració, m'avisava
que encara seguia amb vida.
Vaig començar a caminar, el colpejo
de cada pas que donava amb la
meva crossa, ressonava de forma
metàl·lica i al buit, sense retorn,
semblava que ni el ressò volgués
estar allà.
Les portes bessones les unes de les
altres, s'anaven succeint, l'una
després de l'altra, era tan fosc que
malgrat donar-me la volta, per a
veure la porta oberta, que havia
deixat enrere, la que em podia
portar de tornada a la meva
habitació i deixar-me en un lloc
segur, semblava haver-se esfumat,
només hi havia foscor.
Vaig empassar saliva intentant

ingerir una mica de valor i vaig
seguir cap endavant.
Cada pas que donava era com
endinsar-se més en la gola del llop,
no volia estar allà, no havia de ser
allà, malgrat l'advertiment que em
va donar la porta d'entrada a aquell
fosc passadís. No hi havia gens de
llum en aquell lloc, el silenci, la
foscor, cada vegada eren més
densos.
Un passadís sense fi per davant i
res darrera. Les llargues ombres
que es van produir a la meva
habitació, semblaven haver
travessat aquesta maleïda porta,
que l'haguessin engolit, que
haguessin adquirit una forma
impossible i que ara estiguessin
perseguint els meus passos.
No tenia més remei que seguir cap
endavant, mentre les portes
d'aquell passadís s'anaven
apareixent l'una després de l'altra,
a cada pas, a cada maleït metre
recorregut, avançava, però eren tan

iguals que semblava no haver-me mogut del mateix lloc.

No vaig pensar a obrir cap en aquell moment, potser per por o perquè encara continuava intentant entendre que passava, de sobte, un agut so va violar el silenci absolut. El meu telèfon s'estava queixant, ja gairebé de manera agònica, m'advertia que la bateria estava esgotant-se.. Merda.

No vaig tenir més remei, davant semblants advertiments, que intentar escapar d'aquella ratera, sense sortida i pràcticament sense esperança, el més ràpid possible, em vaig convertir en una rata de laboratori atrapada enmig d'un experiment fallit, d'aquells que avergonyeixen a la comunitat científica.

Desesperat, vaig intentar obrir la primera porta que em vaig trobar, però estava tancada, tampoc tenia pany, ni pom, era com si algú l'hagués segellat per sempre,

després de veure el seu interior,
perquè cap desgraciat incaut
s'atrevís a obrir-la de nou.
Vaig continuar.
Amb aquelles amenaçadores
ombres, cada vegada més a prop,
trepitjant-me els talons i amb
l'agonia de no poder recórrer aquell
estret passadís més ràpid, vaig
provar de forma gairebé aleatòria
una segona porta, era jugar-se-l'ha,
morir o morir, però res,
inexpugnable.
De moment no vaig aconseguir
obrir cap de les portes que
intentava, buscant una sortida
inexistent, que tal vegada no
existia, però que qualsevol destí
que continguessin seria millor que
escapar constantment d'aquells
assetjadors
Un segon gemec produït pel telèfon,
em tornava a advertir, que se
m'estava acabant el temps, aviat em
quedaria submergit en una bogeria
absolutament fosca.

Tenia de donar-me tota la pressa
que pogués, però acompanyat d'una
lentitud interminable, era com
intentar córrer amb els cordons de
les sabates lligades entre si. No
podia fer passos de més de trenta
centímetres, massa allunyat d'un
pas normal, massa lent, massa
arriscat.
Era conscient de que caure en
aquell lloc o intentar accelerar el
pas, podia fer-me ensopegar i
deixar-me a l'abast i com única
víctima, de les ombres que allà
seguien, que allà m'assetjaven,
acompanyat d'una nova fractura.
Em sentia com si dos llops i una
gallina tancats i sense sortida,
estiguessin decidint que soparan.
De tant en tant em girava per a
comprovar l'avantatge que estava
perdent per moments, sobre les
ombres, però la lluentor de la
llanterna del meu mòbil, ja més
feble a causa de l'escassa
bateria, era incapaç de donar-me

una aproximació sobre la distància.
Era tan fosc que semblava
empassar qualsevol indici de llum,
en aquell passadís, sol i com si la
primera porta s'hagués convertit en
un forat negre, absorbint-lo tot i
amb tot em refereixo fins i tot a
l'esperança de sortir d'allà amb
vida.
Eren massa ràpides, jo anava massa
lent i estava totalment desinformat.
Notícies ocultes que no m'arribaven
per a donar-me una mica
d'esperança, de sortir d'allà, com
fos o com pogués.
Anava recorrent metres i intentant
sense recompensa, obrir portes
idèntiques fins que de sobte, un
malson es va fer realitat. La
pantalla del meu mòbil, com un cop
de puny en la cara, va imprimir en
la seva pantalla, "apagant-se en
trenta segons".
Així que de sobte als meus dolors se
li va unir una ceguesa absoluta, no
veia res, el meu telèfon m'havia

abandonat i no tenia més eines que
la meva crossa, feia un pas donant
suport al meu pes en ella, per a tot
seguit usar-ho com a bastó per a
invidents. Era l'única informació
que tenia en aquell moment, saber
que just davant no hi havia cap
obstacle.
No era conscient de la distància que
havia recorregut i tampoc estava
disposat a voler esbrinar-ho, no
podia fer, ni un pas enrere, no
podia fer, ni un pas normal, vaig
avançar amb aquesta maldestra
velocitat constant, em donava la
sensació de que no arribaria mai al
final.
Els calfreds començaven a recórrer
el meu clatell, sabia que l'invisible
estava a punt de empassar-me
De sobte, això em va atrapar i a la
meva esquena com si fos de
mantega, va penetrar un ganivet
fred, extremadament esmolat i
ardent al mateix temps.
Era una sensació dolorosa, molt

dolorosa, em tallava, em lacerava la pell amb una facilitat increïble. Aquesta maleïda ombra m'estava apunyalant per l'esquena, amb nocturnitat, amb extremada precisió una vegada una vegada darrere l'altra.
Sentia com em dividia la pell i la carn en dues, en una profunda i punyent ferida, tros a tros.
No podia a penes moure'm, ni udolar, el dolor era tan profund que s'ofegava abans de sortir de la meva boca, estava sol en aquell lloc i al costat del meu agressor. Massa tard va cessar aquell apunyalament sense motiu i extremadament agressiu, però no hi havia alleujament, va semblar deixar anar aquell ganivet de carnisser, per a començar a maltractar-me vèrtebra en vèrtebra, amb el que sensitivament semblava un martell. A milers de cops per segon, el dolor recorria tot el meu cos, era horrible, vomitiu, tan cruel que fins

i tot vaig ser incapaç d'exhalar baf
de les meves entranyes, malgrat
estar mal ferit en aquell gèlid
passadís.
M'havia convertit en una espècie de
tauló de fusta, al que, de manera
incessant, volien clavar amb
caragols, un i després un altre.
Aquesta ombra m'estava matant en
vida, en aquell corredor, sense
poder defensar-me, intentava
moure les meves extremitats,
però no responien, intentava
demanar socors, però no hi havia
senyal d'auxili, ni ningú que pogués
escoltar-la.
Una vegada reblat per complet,
d'una de les portes va aparèixer una
espècie d'harpia, amb vestidures de
costurera, d'una de les butxaques
del batí que portava posat,
sobresortia el que semblava fil de
llana, allò ara sí que s'havia
convertit en una cosa totalment
horrible, amb precisió i en la meva
esborronadora immobilitat, es va

acostar a la meva esquena
colpejada, tallada i maltractada.
Amb les seves mans va ajuntar la
meva pell i la meva carn dividida en
dues, podia escoltar com gairebé
murmurava, no era una veu dolça,
semblava més aviat un grunyit, la
seva veu era similar al dolor que
estava sentint, mai vaig poder veure
ni percebre el seu físic, excepte les
dues potes i els seus esmolats dits,
que apuntaven sota la seva bata, va
treure el cabdell de llana de la seva
butxaca i les seves agulles de sargir
i amb precisió microscòpica, va
començar a cosir-me sencer.
Podia sentir cada punxada, foradant
la meva esquena, sentir el fil aspre
entrar per l'orifici, causat per
l'agulla de costura, estava sofrint
cada traç, de manera horrible,
penetrant amb la seva allargada
agulla, dins la meva sanguinolenta
polpa.
Sentia l'olor de sang i a ferida
oberta, era una pudor fastigosa,

carn putrefacta.
Dempeus, després d'una llarga
estona, secundat contra una paret
freda, aspra, de formigó, estàtic i
patint aquell ritual morbós i amb els
meus trossos de carn ja
cosits, aquella sastre em va tirar
sense miraments, contra una
espècie de llit i se'm va portar.
Un viatge sense autorització,
emmordassat cap a una de les
portes d'aquell passadís, quan la va
obrir una enlluernadora llum blanca
sortia d'aquella cambra, il·luminant-
lo tot per complet.
Enlluernat em va abandonar en
aquella sala quan, de sobte, va
aparèixer una altra donzella,
aquesta no grunyia, aquesta no
cosia, em va preguntar com em
trobava i amb la meva veu
malaltissa i agonitzada, per tot el
sofert en aquells interminables
moments i pràcticament sense que
els meus gemecs, responguessin a
les ordres de la meva boca, li vaig

respondre;
Mati'm...
Al no poder pràcticament, emetre
cap so eloqüent em va portar un foli
i un retolador.
Estupefacta mirava i gairebé
horroritzada, va observar aquell full
que adornava amb dolor.
Perquè en ell i amb pols tremolós,
vaig escriure...
L'anestèsia no ha funcionat, dolor
deu de deu...

CAPÍTOL XV
Mare

Amb el cos encara crucificat, em van pujar a planta. El dolor es suportava gràcies al degotador connectat a una de les meves venes. Gota a gota aquella loció anava ingressant en el meu torrent sanguini, em deixava levitant, gairebé extasiat. Era com viure en el llindar entre la vida i el final, amb un peu en cada món, m'hagués encantat que la mort m'agafés, envoltat d'amics i éssers estimats. Però en aquest moment no necessitava tanta companyia, el zelador pilotant amb màxima precaució, em va conduir dins del que anava a ser la meva habitació provisional.

No era un mal lloc, relativament còmode i solitari, és el que necessitava en aquell moment. Diuen que si no és per a millorar-ho, el silenci és la millor conversa que un pot tenir i vaig poder tenir unes bones hores per a meditar en l'ocorregut, en silenci, parlant amb mi mateix, amb paraules mudes.

El tedi es va veure interromput per la primera visita que vaig tenir en aquella habitació d'un tot inclòs, la meva benvolguda mare.

Un ésser que brilla amb llum pròpia, que sempre va estar allà. Sempre disposada a sacrificar-se sempre que fos necessari, encara recordo quan m'advertia de que la vida anava a colpejar, que no anava a ser fàcil, però que en cas de màxima necessitat seria capaç d'amputar-se un membre si la seva ventrada el necessitava. Com ho faria jo, si fos necessari per als

meus.
Però aquesta lluita que vivia, era
només meva, la meva mare podia
allisar el camí, però quan la
destrucció fa trontollar tothom a
cada pas, ni la més
poderosa superheroïna pot amb tot.
La meva mare no necessitava
poders per a ser necessària,
simplement la seva presència allà,
sense dir paraula, era més que
suficient, capaç de fer brollar vida
fent servir només el silenci.
Ella es va sacrificar tota la seva
vida i va saber atorgar-me, la
saviesa d'un pare i la dolçor d'una
mare.
M'havia convertit en l'home que soc
avui, encara en camí de formació,
amb les primeres plomes brollant
de la meva esquena, per a acabar
convertides en ales.
Això és el que em va atorgar la
meva mare, ales per a volar tan alt
com ella no va poder i sempre va
voler.

Però el teu esforç no serà en va,
quan pel camí trobis pedres,
construeix, si trobes forats usa'ls
per a acumular aigua, queviures i
quan la vida et colpegi, que ho farà
sense compassió, aixeca't usant les
ales.
Ella em va ensenyar que té de bo
sentir dolor i és que encara que es
cregui etern, sempre és passatger i
tot passa per alguna cosa.
I encara que ella no pogués salvar-
me d'aquell agònic sofriment,
només amb silenci va saber fer-me
sentir millor.
Era la meva mare, la persona que
em va donar vida, la persona que
em va prestar les seves ales, perquè
jo pogués alçar el vol, mentre ella
queia en un abisme pel simple fet,
de veure al seu fill en aquella
situació.

Així era la meva mare, un ésser
compassiu que va saber donar-me
el millor de tots els mons, em va
ensenyar que la vida colpejaria i em
va ensenyar a ser un bon pare.

CAPÍTOL XVI
<u>Ingrés i Retorn</u>

Els dies a l'hospital, d'ingrés en aquell ressort tot inclòs, van passar relativament de pressa.

Encara que era una successió monòtona d'hores i minuts, i les úniques activitats lúdiques proposades, eren les de dur a terme anàlisis de sang, esmorzar, menjar, sopar i canviar la via diverses vegades al dia, de tant en tant tenia la visita d'algun ésser que, despistat, obria la porta per error, pensant que dins hi trobaria un ésser estimat i no a un desconegut.

Sentia una relativa tranquil·litat

incòmoda, l'hospitalitat d'aquell lloc
era d'apreciar i els calmants per a
gaudir-los.
La primera nit a l'hospital va ser la
pitjor, els meus budells grunyien
escandalosos, reclamaven una ració
que portar-me a la boca. Però el
racionament era sever i no
negociable.
Portava sense que les meves
molars treballessin, ni la meva gola
empassés, des de les vuit del matí
d'aquell mateix dia i quan vaig
mirar el rellotge, estàvem apunt de
travessar la línia, el meridià que
separa els dies.
Malgrat això, vaig sobreviure, i
quan va arribar l'aliment, que
percert, era cadavèric, el vaig
ingerir. Es tractava de la típica
safata hospitalària amb una mica
d'enciam i un peix que havia viscut
temps millors i que
potser hauria preferit acabar els
seus dies, sobre una placa de cocció
i enfront del ganivet d'un bon xef.

Però allà estava, cuinat en la seva pitjor versió, calent per fora, cru i gairebé congelat per dins.
Recordo com em costava mastegar-ho, com em costava empassar-ho, encara que intentés donar-li la fi merescuda, s'aferrava a la meva gola causant-me un dolor punxant, però no era culpa d'aquell peix, arponejat entre les meves gargamelles, aquesta aflicció venia causada, per la lesió que em va produir el tub que em van inserir a la tràquea, per a mantenir-me amb vida durant la carnisseria.
El somni i els calmants van poder més que la fam, em vaig adormir tranquil i després d'aquella feroç batalla perduda, contra aquell poderós peix, el vaig deixar tranquil, descansi en pau.
L'endemà, vaig tenir la visita més esperada de totes, els meus ulls es van obrir al mateix temps que la porta, eren els meus dos petits i innocents ocells. Per a ells, el seu

pare, continuava sent un heroi,
encara recordo al Quim,
preguntant-me, mentre mirava
estupefacte la meva pell,
connectada a degotadors, cables i
vies, si el que feien en aquell
hospital, era convertir a la gent en
robots voladors, efectivament vaig
respondre que sí.
El Nil em preguntava quan tornaria
a dormir amb ells.
La Maria que va venir, al costat de
l'àvia, va creuar la mirada amb mi,
humitejada per les meves llàgrimes,
els dos vam entendre molt amb molt
poc.
El pare dels meus fills, no era un
ésser perdedor i desfet... Era un
robot volador que aviat tornaria a
dormir amb ells.
Els següents tres dies d'ingrés
hospitalari van
passar ràpidament, amb un rellotge
que circulava inexorable, així doncs,
després que l'agulla donés setanta-
dues voltes, em van donar el paper

del "check out" tenia ganes de tornar a la meva pàtria, a la meva llar.

Amb extremada precaució, vaig travessar la majestuosa porta d'aquell centre hospitalari, tenia que anar amb compte, ja que la neu d'aquells dies, s'havia convertit en gel i no tenia els mitjans necessaris per a sobreviure a una relliscada, igualment amb el que semblaven passos ferms i lents, vaig arribar al "check point", el petit vehicle que solia conduïr la meva dona.

No recordo com va ser el viatge d'anada a l'hospital perquè em realitzessin la intervenció, però el de tornada va ser un infern sobre asfalt. Cada accelerada, cada frenada, era com si la meva ferida s'obrís, podia sentir fins a la més petita pedra passar per sota d'algun dels pneumàtics.

Després de circular sobre pedra, durant una bona estona, vem arribar a casa, vaig arribar pàl·lid i

contenint amb les mans, el vòmit
que volia escapar des de dins del
meu estómac, era repugnant.
Al final va escapar, des del meu
interior i em vaig retrobar amb els
pudents i pràcticament digerits
trossos de peix que vaig intentar
menjar dies enrere. Aqueslla
explosió estomacal de líquids i
bitlles alimentoses es va escampar
per tots costats i amb ells, la meva
engrapada esquena, va sofrir una
important i espessa hemorràgia,
plena de fosques secrecions i
putrefactes coàguls.
Havia arribat el moment, després
de retornar al món aquell majestuós
festí, de realitzar la primera cura
domiciliària.
No sense abans recollir aquella
pasta, sorgida de les meves
entranyes, ja que, com si es tractés
de l'últim sopar, el meu petit gos,
incessant, volia donar-se un
homenatge ingerint aquella pudent
pasta de peix, amb ajuda de la seva

atrafegada llengua.
La Maria amb extremada cura i
afecte, qualitat de la qual no vaig
gaudir en la meva estada a
l'hospital, pel simple fet de que les
infermeres feien la seva feina de
forma mecanitzadament robòtica i
sense sentiments, va retirar-me les
vendes que cobrien la meva ferida
quirúrgica i la va netejar. Em vaig
sentir gratament reconfortat i net,
com si m'hagués banyat en aigua
cristal·lina. Després vaig tornar al
llit, necessitava i eren de caràcter
obligatori, unes setmanes de repòs.

Després de les meves merescudes setmanes de descans, un matí qualsevol i després d'haver dormit aquella nit, el que em van semblar interminables hores.

La Maria va aparèixer a l'habitació, amb una invitació en mà, recordant-me, que aquell cap de setmana, teníem unes noces.

Mirant aquella convocatòria, vaig recordar que l'enllaç s'anava a celebrar a una hora de camí de casa, en el típic casalot antic i perdut, només connectat amb la civilització per algun estret camí sense asfaltar.

Havia de ser molt meticulós amb tota la medicació postoperatòria, si volia tenir alguna possibilitat d'assistir a aquest esdeveniment. En Víctor i la Maricarmen s'anaven a unir en sacramental matrimoni. Ell era un amic de la infància com tots els altres i Maricarmen un ésser excepcional que va saber fer-li feliç des del primer dia i que al costat de la petita Clàudia, filla de tots dos, feien una família preciosa. Em feia especial il·lusió anar a un esdeveniment tant important i poder retrobar-me amb els meus amics de sempre. Anava a poder gaudir d'una cosa normal des de que la meva vida s'hagués vist embolicada i sense cap previsió, d'una matança visceral i agònica. M'entristia molt que l'Albert, un dels meus eterns camarades, que va tenir al seu fill, Pau, feia un parell de mesos amb la Tamara, la seva dona, no poguessin assistir, el Pau

era massa petit i el lloc massa
allunyat i recòndit com per
a arriscar-se si sorgia alguna
urgència mèdica, típica dels
nounats.
Però allà m'anava a trobar
amb Carles i l'Eva que la vam
conèixer en un viatge a Malta, quan
no érem més que uns joves xavals
desbocats, feia, si no recordo
malament, prop d'una vintena
d'anys i avui dia, parella d'aquest.
Gaudiria del sempre característic
humor culte i refinat del nostre
amic Hèctor o Tor com li agradava
que el diguessin i Miriam, la seva
parella.
No podia oblidar-me del Martí,
l'última incorporació a aquell petit
grup d'amics, sorgida feia vint-i-cinc
anys, quan diversos escapçats
adolescents, van decidir recórrer,
en grup, el camí a la maduresa.
Així doncs, al cap d'uns dies, ens
vem dirigir els quatre cap a aquell
inhòspit lloc.

La Maria va conduir el meu cotxe,
un d'aquests tot-terrenys que s'han
posat tant de moda i va ser d'agrair,
ja que en aquest format,
intentaríem realitzar el tram final
del trajecte cap a la ubicació de
l'enllaç, de forma més amable.
Al cap i a la fi d'uns interminables
minuts, de camí de fang i pedres,
un camí que semblava no acabar
mai, on abandones la comoditat de
l'asfalt i sembla que condueixes cap
a dins de les gargamelles d'un bosc,
en la que l'única companyia era la
del termòmetre de la pantalla del
vehicle, perdent temperatura cada
metre que més ens endinsàvem més
en aquell camí.
Quan vem arrivar al que
aparentment semblava una casa
rural, amb els seus milers
d'hectàrees, una espècie de casalot,
un lloc detingut en el temps, on no
hi havia espai ni temps per a
escoltar els nous oracles, prodigant
les seves paraules, la seva veritat i

les seves creences, quan són
preguntats en el nostre segle i que
responen a través d'altaveus que
semblen sensiblement intel·ligents,
però totalment mecànics, que
massa sovint fan dubtar a l'oient
entre realitat i ficció.
Allà els únics accessos a la
informació ho donaven portes grans
de fusta massissa i de formes
arquejades.
Quan per fí vem arribar a
l'aparcament provisional per a
desembarcar les maletes, ens va
rebre un senyor, un dels d'abans i
per abans em refereixo, al seu
rostre, les seves vestidures
atrotinades, per la feina al camp
massa temps i que de la seva mà
dreta penjava una falç.
Sense dir-nos cap paraula va
aixecar el braç lliure i amb el dit
ens va assenyalar el camí a la
nostra habitació i allà vem anar, no
volíem portar la contrària a algú
que ens donava la benvinguda amb

una mà ocupada per un arma així,
escorxadora d'homes.
Vem arribar a l'entrada principal
d'aquell caseriu, la porta es va
queixar en ser empesa, amb bastant
força, per cert, per a
poder travesar-la.
Al davant teníem la nostra habitació
i al costat d'ella un bany de servei,
petit, però que complia, una cuina
antiga amb un gran forn de llenya,
que aparentment se li feia ús amb
molta freqüència.
Vem desfern-os del nostre
equipatge ràpidament, havíem
de donar-nos pressa, ja que en
aquell moment, vaig mirar el meu
telèfon sense cobertura i el seu
rellotge, m'alertava que eren dos
quarts de cinc de la tarda i la
cerimònia començava a les sis.
D'aquesta manera, amb tota la
pressa que vam poder, vem vestir
els nens, ens vàrem arreglar
nosaltres i de manera més o
menys elegants ens hi vem dirigir

cap al lloc on començaria l'enllaç,
que estava per començar.
De camí cap a l'altar, em vaig
creuar amb una espècie de banc de
pedra, adornat per dos pals de fusta
massissa lligats en creu o millor dit,
en forma de "X" un lloc on avui dia,
deuen berenar famílies i enamorats
es fan el seu primer petó com a
matrimoni.
Com ésser curiós que soc, em vaig
acostar a aquell emplaçament, per a
llegir una petita placa que semblava
ser commemorativa,
deia el següent:

*Aquí i sota aquesta creu, durant els
inicis del segle XVII, concretament
entre 1619 i 1621 una curta, però
intensa cacera de bruixes, va posar
fi a la vida, per penjament, de
diverses dones, acusades
injustament de bruixeria, algunes
d'aquestes dones jutjades van ser...*

La molsa i el deteriorament pel
pas del temps, sobre aquella vella
placa de pedra gravada, no em va
permetre veure els seus noms.
Una vegada allà i asseguts en el
nostre lloc, quarta fila de
l'esquerra, ja que segons el capellà
que anava a oficiar aquell enllaç, el
lloc on un ha d'asseure's és aquell
que li correspon, ni més ni menys.
Tot va ser genial, la núvia
maquíssima, el nuvi aparentment
tranquil i molt elegant, es van donar
el " SI VULL" i tots ens vam dirigir
cap al lloc on es realitzaria un
còctel, abans de sopar.
Vem caminar, jo amb l'ajuda del
meu bastó, cap a aquella zona, on
ens van delitar amb abundant
menjar i beguda.
Mentre el Quim, semblava més
obsés, a aconseguir com a únic
aliment, unes pomes verdes que
penjaven d'un arbre, el Nil que
sempre ha estat més protocol·lari,
gaudia dels talls d'un bon pernil

curat.

Al cap d'unes hores i honestament, després d'haver begut una copa de vi blanc, vaig prendre la meva medicació, gran error.

Uns minuts després, els allà presents, van començar a deformar els seus cossos de manera impossible, tot va començar a centrifugar-se, el que era fins a aquell moment una vetllada increïble, es va convertir en un horrible malson.

La música va començar a distorsionar-se, les persones que allà estaven, de sobte, amb passos errants i cossos del revés van començar a perseguir-me, o això em semblava, no tenia ni l'auxili de la Maria, que al costat dels nens, va marxar cap a l'habitació, minuts abans, per a adormir-los de la esgotadora festa.

Alguna cosa estava anant malament i en una mescla de por i agònica sorpresa, em vaig dirigir jo també

cap a la nostra habitació.
De forma menys àgil de la que
m'hagués agradat, vaig recórrer el
camí que em separava dels meus,
aquelles entitats, lluny i ara de
manera estàtica semblaven mirar-
me, per a no perdre'm de vista,
tampoc em perseguien. No entenia
absolutament res.
Una vegada creuat els imponents
pals en forma de creu, que van
caçar i van matar bruixes segles
abans, vaig arribar a les portes
grans d'entrada, van cruixir i es van
queixar en obrir-les de nou, ja ni ho
recordava, em van posar en alerta,
em van espantar els seus grunyits.
Una vegada dins, havent creuat
aquella vella cuina, que ara, el seu
forn, per alguna estranya raó,
estava encès i alimentant-se de
llenya antiga. Vaig arribar al meva
cambra. Em vaig ficar al llit al
costat d'ells, però els nens, la
Maria... vivien aliens a l'ocorregut, i
com sempre, vaig pensar que va ser

fruit de la ingesta de les meves
medicines.
D'igual forma, una vegada tapat
amb els llençols del llit, que vaig
usar d'improvisat escut, era incapaç
de sentir-me fora de perill, pocs
minuts després, de manera
tremolosa, em vaig adormir.
Al cap d'unes hores, a les quatre de
la matinada, un crit que semblava
no tenir un origen clar, em va fer
saltar del meu llit, mentre els altres
dormien, profundament i sense
immutar-se. Vaig obrir el petit
porticó de la finestra que teníem a
la nostra habitació, per a tornar a
veure l'impossible. El vilatà que ens
va donar hores abans el seu calorós
acolliment i continuant amb la falç
en mà, cridava noms, per a mi sense
sentit, no els coneixia. Cridava
noms de dona, semblava perseguir
persones, que eren impossibles de
veure i veus, que no eren escoltades
pels altres, excepte per a ell,
excepte per a mi. Simplement, vaig

pensar que el ja ancià llaurador del camp, havia perdut una mica d'eloqüència i que el seu vell cap no funcionava bé. De sobte un segon crit, que sí que vaig poder escoltar de manera clara, un xiscle que sonava somrient i tenebrós, va alertar al llaurador, que va marxar corrent seguint aquell sonor rastre, va desaparèixer entre els arbres. Aquell crit era real, massa real, no era jo, no era el meu cap, ni la meva medicació, o estava tan boig com aquell vilatà o realment alguna cosa ocorria a l'altre costat d'aquella petita finestra. Per algun estrany motiu, em vaig dirigir fins a la porta principal, intentant recordar el cruixit que emetia quan algú la intentava obrir. Aquesta vegada el meu camí de tornada a la sortida, tenia un detall diferent del d'abans, la cuina amb el seu forn de llenya incandescent, desprenia olor de carn. Una vegada oberta la sonora porta, vaig veure de lluny, una ombra llauradora, amb una falç a la mà que perseguia, el que semblaven ser, siluetes amb cabells llargs i rogencs. Vaig poder distingir-los gràcies a la poderosa lluna plena que il·luminava tots aquells camps, aquella nit. Aquelles siluetes escapant, reien del pobre ancià que les perseguia, era incapaç enxampar-les mentre aquest, les maleïa en nom de Déu. Evidentment, vaig voler quedar-me al marge d'aquella batussa, mirant-los a una distància prudent i amb sorpresa, de sobte aquelles ombres perseguides van desaparèixer, es van esfumar mentre aquell home, el degollador de bruixes, esbufegant per l'esforç, va orar en el nom del pare, del fill... i tot seguit es va desplomar. Jo no havia d'haver vist res d'això, vaig maleir, vaig tornar a la meva habitació intentant buscar un reconfortant llit al costat dels meus. Vaig obrir la meva porta, vaig tancar el porticó de la finestra, em

vaig estirar de nou al costat dels meus anestesiats fills, vaig tornar a escudar-me amb llençols i més tard que aviat, vaig tornar a adormir-me tremolós. L'endemà al matí, amb el rostre cansat, em vaig despertar, la Maria i els nens havien sortit a esmorzar, estaven sota aquells antics pals creuats.
Fantàstic, vaig pensar...

No hi havia llocs més amables, on prendre cafè. Cap dels convidats amb els quals em vaig creuar, semblava saber res de l'ocorregut aquella nit, tampoc vaig voler preguntar-los, per por del que pensarien de mi. A la meva família els vaig pressionar per acabar aviat d'esmorzar, per a poder tornar a casa, em van fer cas. Quan ja ens embarcàvem en el meu vehicle i iniciavem la marxa, des del retrovisor, vaig veure a aquell home gran, que hores abans va estar

caçant...
bruixes?
I que ara semblava estar ferit.
Vaig fer tot el viatge de tornada
sense dir cap paraula, ni explicar
mai l'ocorregut a ningú, fins ara.

CAPÍTOL XVIII
Un bon pare

El rellotge de cucut, l'endemà, ja avisava de l'arribada del Santa, aquella nit, el bo del Pare Noel arribaria en el seu trineu tirat principalment per Rudolf i baixaria per les xemeneies de tots els habitatges del nostre petit i nevat poble. L'estampa no podia ser més agradable, com una postal. Desde la finestra, veia que els primers nens matiners ja jugaven a tirar-se boles de neu, mentre uns altres construïen gairebé atorgant-los vida, ninots de neu.

L'olor de llenya cremada, produïda per les xemeneies, a la seva màxima

capacitat, embriagava tot l'ambient
amb la seva agradable olor.
Mentre tot allò succeïa, em vaig
asseure enfront de l'ordinador,
disposat a seguir amb la novel·la
que estava escrivint, el meu afany
per ella era gairebé obsessiu i així
m'ho va recordar la Maria, avisant-
me que els nens ja tenien les seves
bufandes al coll i estaven
impacients per sortir a jugar al
carrer, amb la neu.
Així doncs, vaig agafar el mòbil per
a continuar redactant en ell, ja que
era com una extremitat del meu
ordinador de sobretaula i vaig
acompanyar als meus fills fora,
malgrat envair tot el cel un sol
radiant, gairebé blavós per l'època
de l'any, feia un fred exagerat.
Però allà estava jo, amb la meva ja
veterana crossa, cansada pel viscut,
sostenint el clima pel gaudir dels
meus fills, que poc els importava
que el termòmetre marqués sota
zero.

Els meus dos fills van sortir corrent
al jardí. Els seus riures van omplir
l'aire congelat, contagioses i plenes
d'aquesta energia inesgotable que
només els nens tenen. A penes van
sentir el fred a les seves mans quan
van començar a modelar la neu,
creant boles perfectes per a iniciar
una batalla improvisada.
El Nil, amb la seva astúcia, es va
amagar darrere d'un petit monticle,
mentre en Quim, més impulsiu, va
llançar la primera bola amb un crit
de guerra que va ressonar entre els
arbres. La neu volava en totes
direccions i encara que algun d'ells
acabés amb un floc de neu en el nas
o l'abric ple de pols blanca, no hi
havia espai per a enfadar-se.
En aquell moment, estàtic i
congelat em va venir al cap, per
primera vegada en la meva vida,
que m'havia convertit en un bon
pare, però era egoista que ho
pensés jo, això ho haureu de valorar
vosaltres, el dia de demà, fills meus,

aquest sentiment va envair el meu
cos i va dibuixar un petit somriure
en el centre de la meva cara i això
ja era molt, no soc una persona que
regali massa somriures i els
esdeveniments viscuts últimament
encara van desdibuixar més
qualsevol indici de felicitat en el
meu rostre.
Gairebé era incapaç de recordar
com es sentia aquest sentiment.
Ho deien felicitat i jo gairebé l'havia
oblidat per complet.
De sobte una finestra, a casa, es va
obrir i va deixar sortir de manera
poderosa la dolça olor de galetes
acabades de coure amb,
possiblement, formes nadalenques.
La meva dona a través de la
finestra, ens va dir que cremaven,
però que ja estaven llestes perquè
entréssim a menjar-les.
Els meus fills sords, com gairebé
tots els nens a les ordres dels seus
pares, ni es van immutar,
continuaven aliens al món exterior,

centrats en jugar amb la neu i un
petit trineu que teníem.
Jo em vaig dirigir cap a la porta de
casa, adornada amb flors de Nadal,
buscant un lloc calent que expulsés
del meu cos, el fred de l'exterior
que ja havia penetrat dins meu.
La Maria i jo vam agafar una galeta
cadascú, dempeus perquè
asseure'm continuava sent un
sofriment per a la meva pelvis.
Malgrat que el dia era perfecte, no
havia d'oblidar que havien d'operar-
me dues vegades més, que les
meves drogues estarien allà, cada
dia, esperant a ser ingerides i donar
a llum tot el seu potencial,
possiblement al·lucinogen o no...
Que la meva pobre columna no
suportaria els claus, ni els reblons
vertebrals que portava subjectes i
que l'haurien de tornar a obrir, com
qui baixa una cremallera, però allà
estava jo gaudint d'una simple
galeta, amb la meva parella, el meu
cap va tornar al passat, era com

una primera cita i havia de gaudir d'aquella companyia, d'aquella galeta. La resta vindria atropellant de nou la meva vida, però no mereixia ser protagonista en aquell moment, no tenia cap dret a ser-ho. Els meus fills, de sobte, van entrar a casa zombificats per l'olor de les galetes i disposats a no deixar res per als altres. Vaig fer un petó a la Maria i vaig somriure als meus fills, mentre ja devoraven aquelles delicioses galetes, que ja no cremaven tant, els vaig abraçar, la resta ja vindria i serà explicat en un altre moment.

Vaig entendre que en aquell instant havia de gaudir per última vegada, d'aquella
primera vegada.

FI

Estimats lectors i lectores:
Espero que hagis gaudit d'aquesta petita novel·la,
la primera que escric. Igual que Bèrgam, tots
quan som novençans cometem errors, en aquest
cas d'escriptura o format, que espero que hagis
sapigut comprendre i perdonar. Escriure sota els
efectes dels estupefaents no es fàcil i menys quan
tot queda difuminat. Pero era la única manera de
que arribés als lectors de forma pura i sense
tractar, tal i com va sortir de dins, en els moments
de letargia.
Vull que entenguis una cosa i el perquè d'aquesta
novel·la:
*Jo no em sé rendir i menys quan estic volent fer-
ho, potser per tossuderia o esperança.*
*No ho sé, però continuaré fent-ho i si algun dia
la tossuderia m'abandona, em prega que em
detingui i m'amenaça que no podré suportar una
ferida més, el cor haurà d'explicar-li que només
tinc una vida per a poder intentar-ho...*
*Que hauré de perseguir somnis, els que siguin,
de manera indestructible, que caldrà fer les
pedres ensopegar si és necessari, perquè en
aquesta vida no hi ha una altra opció que ser
tossut fins a aconseguir-ho.*
*I si la victòria no arriba, per tossut aniré per
ella, encara que estigui trencat per dins, però
d'una peça per fora, estimats.*